Dirk von Petersdorff

Verlorene Kämpfe

Essays

S. Fischer

Satz: Pinkuin Satz und Datentechnik, Berlin
Druck und Bindung: Clausen & Bosse, Leck
Printed in Germany
ISBN 3-10-061004-0

Inhalt

Einleitung

Das Jahr 1989, das für den Untergang der letzten politischen Religion steht, zwingt die ästhetische Moderne zum Überdenken ihrer Grundlagen. Seitdem ist offenkundig, was man schon vorher hätte sehen können: Eine ästhetische Theorie, die von der offenen Gesellschaft ausgeht, von ihrem Wahrheitsbegriff, ihrem Zeitverständnis, ihrem Begriff von Individualität, existiert nicht. Das ist die Situation, mit der sich die folgenden Essays beschäftigen.

Nach wie vor findet das Denken über Kunst im Bannkreis der ästhetischen Moderne statt. Allerdings hat die Wirkung der leitenden Ideen nachgelassen. Seit der zweiten Hälfte des 20. Jahrhunderts kann man von einer erschöpften Moderne sprechen. Der Glaube ist schwach geworden und lebt als Anhänglichkeit weiter, an Vorstellungen, mit denen man groß geworden ist. Der Kunstbetrieb funktioniert irgendwie schon. Dieser Zustand einer erschöpften Moderne hemmt die Entstehung von Neuem, von Antworten auf die Gegenwart.

Die Epoche der ästhetischen Moderne beginnt, wie in einigen Essays gezeigt werden soll, im späten 18. Jahrhundert und weist, gerade in Deutschland, eine erstaunliche Langlebigkeit auf. Denn erstaunlich ist es schon, wenn Gottfried Benn in den fünfziger Jahren des 20. Jahrhunderts mit großer Geste die französische Lyrik des 19. Jahrhunderts als Entdeckung und als Maßstab gegenwärtiger Literatur präsentiert. Und noch erstaunlicher ist die dominierende Stellung Theodor W. Adornos im Bereich der Theorie. Man kann auf den Entwicklungsbruch durch den Nationalsozialismus verweisen, aber wichtiger zur Erklärung ist die Macht der Tradition. Denn Adornos Schriften enthielten das, was deutsche Künstler und Intellektuelle seit dem späten 18. Jahrhundert kannten. Verändert hatte sich die Zukunftsperspektive: Adorno bot eine pessimistisch eingefärbte Restform der Tradition. Und neu war das Sprachgewand, das offensichtlich in der Lage war, über das Missverhältnis dieser Ideen zur geschichtlichen Entwicklung hinwegzutäuschen. Adorno schrieb mit veränderten Begriffen auf, was schon Schiller aufgeschrieben hatte.

Seit dem 18. Jahrhundert ist im philosophischen Denken und im politischen Handeln das Modell der offenen Gesellschaft präsent. In diesem Modell gilt Wahrheit als Ergebnis einer Auseinandersetzung, in der sich Wahrheitsansprüche befinden. Da diese Situation am schärfsten im amerikanischen Pragmatismus beschrieben worden ist und da Schärfe zur Klärung zwingt, greife ich an mehreren Stellen auf Vertreter dieser Theorie zurück. Hilary Putnam formuliert die Einsicht, »dass unsere Beschreibungen von irgendetwas in der Welt immer durch unsere eigene Begriffswahl vorgeformt sind«; dass wir »die Welt für verschiedene Zwecke beschreiben«; dass deshalb verschiedene

»Sprachen« nebeneinander bestehen. Damit befindet sich Wahrheit in einem Prozess der Fluktuation und Veränderung, sie driftet auseinander. Wahrheiten müssen sich rechtfertigen, sind ergänzungsbedürftig, endlich. Was wir vertreten, ist unser Glaube, von uns beschränkt.

In dieser Welt wird Individualität vor allem als Autonomie verstanden. Das Individuum wird über Grundrechte und einen weiten Freiheitsbereich definiert, in Form einer negativen Abgrenzung also. Die positive Festlegung wird ihm selbst überlassen. Die Umwelt gibt keine Häuser und Heimaten mehr vor, oder nur vorläufige Häuser und Teil-Heimaten. Man lebt in verschiedenen Bereichen, kann diese Bereiche wechseln, erfährt die Veränderbarkeit und Beweglichkeit der Welt an sich selbst, ist nicht Teil einer Totalität.

Deshalb lebt man nicht autistisch. Es gibt Rechtsgemeinschaften, Argumentationsprozesse, Formen von Intersubjektivität. Aber schon diese Begriffe markieren den Unterschied: Intersubjektivität ist keine Heimat. Hier werden Formen des Miteinander vorgegeben, aber keine Inhalte, die ein Ich sich einverleiben könnte.

Das Zeitverständnis einer solchen Ordnung ist weder an die Heilsgeschichte noch an ihre missratene Tochter, die Geschichtsphilosophie, gebunden. Die Zeit läuft nicht auf ein Ziel der Gattung hinaus, und sie kennt keinen Ursprung, kein goldenes Zeitalter, keinen Urschlamm. Die Stellung der Gegenwart lässt sich nicht auf einem Zeitpfeil markieren, als Verfallszeit bestimmen oder als Teil einer Aufwärtsbewegung, von einer alles durchwirkenden Vernunft oder irgendwelchen Großsubjekten gesteuert. Geschichte wird als Entwicklung von Lebensformen verstanden, als Veränderung von Formen der Weltdeutung. Zeit wird als reißende Zeit wahrgenommen, und der Einzelne bildet darin einen Moment. Dieses unemphatische Zeitverhältnis schließt nicht aus, dass man seine Gegenwart höher einschätzt als andere Zeiten und ihre Errungenschaften verteidigt.

Um diesen Zustand zu beschreiben, hat Richard Rorty den Ironiker entworfen: eine Person, die der Tatsache ins Gesicht sieht, dass ihre zentralen Überzeugungen und Bedürfnisse kontingent sind. Ironiker akzeptieren die Wandelbarkeit des Vokabulars, mit dem sie ihre Hoffnungen formulieren. Überall nehmen sie Konstruktionen wahr. Sie haben den Versuch aufgegeben, die verschiedenen Seiten ihres Lebens in einer Vision zu verbinden, denn eine Sprache dafür ist nicht denkbar. Ebenso verzichten sie auf den Glauben, dass es in der modernen Gesellschaft einen Ersatz der Religion geben müsse, mit entsprechender Bindungskraft. Vorm Fenster spielt sich das Ja und Nein der Menschen ab. Es gibt Verfahren, die verhindern sollen, dass es dabei zur Gewaltanwendung kommt.

Die ästhetische Moderne ist im späten 18. Jahrhundert in Auseinandersetzung mit dieser Deutung und Ordnung der Welt entstanden und hat sich in ihrer Mehrheit und vor allem in ihrer Theoriebildung gegen diesen Weg entschieden, hat diese Ordnung bekämpft, sich an Versuchen ihrer Überwindung beteiligt.

Auf den Verlust einer verbindlichen Wahrheit hat die Ästhetik mit der Idee geantwortet, dass eine solche Wahrheit, die von der Religion nicht mehr zu stiften sei, aus der Kunst hervorgehen solle. In der Gesellschaft der Zukunft wird Kunst damit zur Mythologie. Die Kunst soll den Wahrheitskern der auseinander driftenden Bezirke bilden, soll sie verbinden. So entstehen Werke, die religiöse Gesten nachahmen. Jene Begriffe, mit denen Karl Heinz Bohrer die Kunst der Moderne beschreibt, Gewalt und Plötzlichkeit, stellen Äquivalente für Donner und Blitz des sich offenbarenden Gottes dar. Damit wird das Gerangel der Interpretationen beendet. Und das absolute Schöne, das sich allen Kategorien, der Kausalität und der Zeit entzieht, entspricht dem Unbedingten der Religion.

Auf die Trennung von Zeit und Heilsgeschichte reagiert die Kunst mit einem Anschluss an die Geschichtsphilosophie, mit der Zeit zum Kampf von Wahrheit und Unwahrheit gerät. Vorstellungen der Metaphysik werden auf die Geschichte übertragen, und nun präsentiert sich eine kleine Gruppe von Menschen, die dazu ausersehen ist, den Fortgang der Zeit in die Hand zu nehmen; bis zu einem Zustand, in dem das Kommen und Gehen der Meinungen beendet ist. In einem »Athenäums«-Fragment bezeichnet Friedrich Schlegel den »revolutionären Versuch, das Reich Gottes zu realisieren«, als den »elastischen Punkt der progressiven Bildung«. Von diesem Versuch ist die ästhetische Moderne als Teil dieser progressiven Bildung durchdrungen, daran hat sie offensiv mitgearbeitet. Die reißende Zeit sollte zur gerichteten Zeit werden.

Auf die Individualität, das Freiwerden des Menschen reagiert die ästhetische Moderne mit Dauerklagen über Entwurzelung, Entfremdung und Substanzlosigkeit. Sie verheißt ihm eine Befreiung von sich selbst, ein Aufgehen in einem größeren »Ganzen« oder einem diffusen »Anderen« der Vernunft. Die Zukunftskunst, die neue Mythologie soll dem Ich wieder ein Selbstverständnis verschaffen, das es nicht bezweifeln muss. Der Kunstgenuss soll im Rausch der Gläubigen verbinden, die Grenzen der Individualität sprengen. Die Freisetzung des Ich wird in der Moderne fast immer als Leiden angesehen, nur selten als Möglichkeit der Selbsterweiterung.

Das Jahr 1989, das für den Untergang der letzten politischen Religion steht, zwingt die ästhetische Moderne zum Überdenken ihrer Grundlagen. Denn wenn das letzte Gegenmodell zur Ordnung westlichen Typs gescheitert ist, dann wird eine Ästhetik ortlos, die sich als Fundamentalkritik dieser Welt und ihrer Ideen verstanden hat. Beim Rückblick auf das 20. Jahrhundert liegen die katastrophalen Folgen gegenmoderner Herrschaftsformen offen. Ebenso deutlich ist, dass die realisierten Versuche, Religion und Politik zu verbinden, die Geschichte metaphysisch aufzuladen und das Subjekt in eine größere Einheit aufgehen zu lassen, in Zwang, Gewalt, Vernichtung umgeschlagen sind.

Es existiert keine ästhetische Theorie, die von der offenen Gesellschaft ausgeht, von ihrem Wahrheitsbegriff, ihrem Zeitverständnis, ihrem Begriff von Individualität. Das ist ein Mangel, weil die offene Gesellschaft die Gesellschaft der nächsten Zeit sein wird. Man kann natürlich fragen, ob die Kunst überhaupt eine Theorie benötigt. Aber der Blick zurück zeigt, dass Zeiten, deren Werke wir bewundern, auch Zeiten lebendiger Auseinandersetzungen waren. Zuerst geht es darum, das Denken freizusetzen, denn die Moderne hat durch ihre Festlegungen die Kunst eingeschränkt, hinsichtlich ihrer Formensprache und ihres Weltzugriffs. Mehr und mehr hat sich eine negative Ästhetik entwickelt. Eine neue Ästhetik soll deshalb die Grenzen des Vorstellbaren erweitern, sich nicht umgehend wieder festlegen; auch nicht auf die Affirmation einer ironischen Gesellschaft und eines bestimmten Menschentyps. Ebenso gut kann sie die Gesellschaft links liegen lassen; wobei es allerdings nicht schaden kann zu wissen, was man links liegen lässt. Fixierungen sind abzustreifen: die Idee, eine Welt negieren zu müssen, der man angeblich gegenübersteht. Und schließlich haben wir genug von einer Haltung, die Jürgen Habermas »Attitüde des Schlüsselhalters« genannt hat.

In einer solchen Situation ist es nahe liegend, und diese Tendenz ist an vielen Stellen zu beobachten, sich zurückzuziehen, um in der Vergangenheit Hilfe und Anstoß zu finden. Zu dieser Vergangenheit gehören auch das 19. und 20. Jahrhundert, denn die ästhetische Moderne besteht natürlich nicht aus einem Block, nur aus den kritisierten Bewegungen. Natürlich gibt es andere Wege durch diese Zeit, auf die ich in den Essays eingehen werde. Aber wichtiger ist die Weite der Vergangenheit, Jahrhunderte, die einer auf die Zukunft fixierten Gegenwart versunken waren, jetzt wieder auftauchen. Einer Gegenwart, die nicht in eine feste Zeitordnung eingebunden ist, steht vieles offen. Aber noch ist der Geist damit beschäftigt, sich zu entfesseln, die Glieder zu reiben. Erst dann kann er seine

Schein-Heimat, die Moderne, verlassen. So wie Plotin sagt: »Wir werden in See stechen wie Odysseus von der Zauberin Kirke oder von Kalypso. Denn er war's nicht zufrieden zu bleiben.« Und er fuhr auf das Meer der Kontingenzen hinaus.

200 Jahre deutsche Kunstreligion!

Wird über Literatur in Deutschland noch gestritten? Viele, und zumal die Wortführer von gestern, klagen über Stillstand und Ermüdung. Doch das betrifft vor allem sie selbst. Der Epochenbruch 1989 hat die Kunst und ihre Theorie in Bewegung gesetzt. Die letzte jener gegenmodernen Welten ist verschwunden, die mit der bürgerlichen Gesellschaft seit dem späten 18. Jahrhundert verwachsen waren; die als Teile der Moderne von ihr geprägt waren, ihre Bedingungen aber bekämpften und überwinden wollten. Im Laufe ihrer Geschichte hat die offene Gesellschaft, so sagt es François Furet, wie keine andere Menschen hervorgebracht, »die das soziale und politische System verabscheuen, in das sie hineingeboren sind; die Luft hassen, die sie atmen, obwohl sie Grundlage ihres Lebens ist«. Warum – das ist heute die Frage – gehörten die meisten deutschen Kunsttheoretiker und viele der größten Künstler zu diesen Menschen – warum waren sie Feinde jener Gesellschaftsform, in der wir vorläufig leben? Wie oft haben sie die Gefahren zu großer Freiheit gepredigt, wie selten Angst vor zu wenig Freiheit empfunden? Welch merkwürdiger Hass auf den Alltag der Menschen durchzieht so viele ihrer

Werke und zersetzt den Bann, den Zauber der Kunstreligion?

Ein Gang …

Station 1. In einem Buch über den George-Kreis, über Borchardt und Hofmannsthal hat Stefan Breuer beschrieben, wie Kunst die Moderne bannen sollte. Die soziale Mobilität, das kreisende Rad des Kapitalismus, die flackernden Bilder der Kulturindustrie, die Entpersönlichung, das Verlachen von Autoritäten – bilden das Panorama einer Welt aus den Fugen. Die Kunst soll Rettung bringen. Sie wird zur Wahrheit ohne Zeit. Zur Wahrheit im Singular. Zur Wahrheit für alle. So die Gruppenphantasie. Breuer analysiert die damit zusammenhängenden politischen Annahmen, den antiwestlichen Affekt und die Kritik der Demokratie. Auch weist er auf die Überforderung der Kunst hin, die charismatisch aufgeladen wird, sich selbst bespricht, schwerelos wird, der Leere entflieht, Macht und Gewalt will. Ein »Ringen um wahren Zwang« nannte es Hofmannsthal.

Merkwürdig sind aber zwei Einschränkungen in Breuers Buch. Der ästhetische Fundamentalismus wird zeitlich begrenzt, im 18. und 19. Jahrhundert habe es derartige Vorstellungen nur ansatzweise gegeben. Ebenso wird die Angelegenheit politisch kanalisiert, nämlich rechts. Zur Begründung heißt es, dass die »universalistische Ethik« sozialistischer Künstler nicht mit dem Elitarismus und den Führer-Phantasien einer Kunstreligion zu verbinden sei. »Er hat Vorschläge gemacht, wir haben sie angenommen« – schon ein harmloses Beispiel wie dieser von Bertolt Brecht für sich selbst erdachte Grabspruch kann zeigen, dass ästhetische Egomanie politisch gut verteilt ist. Auch auf den Begriff »Ethik« könnte man verzichten, zum Beispiel nach der Lektüre sozialistischer Lehrstücke, in denen auf dem Weg zur Sonne, zur Freiheit seitenweise Leute liquidiert werden, die noch nicht verlernt haben, ›Ich‹ zu sagen. Wichtiger ist aber ein systematischer Aspekt. Denn wo Kunst gegen die offene Gesellschaft steht, gerät sie in Versuchung, sich Bewegungen anzuschließen, die scheinbar ähnliche Ziele mit sehr viel mächtigeren Waffen verfolgen – sie gerät in den Bannkreis totalitärer Politik. In dieser Versuchung treffen sich rechte und linke Künstler. Auch der George-Kreis will nicht der George-Kreis bleiben. Man sieht sich, wie es der Titel eines Gedichtbandes sagt, als Wegbereiter eines »Neuen Reiches«, das esoterisch und im Kreis bereits gelebt wird.

Station 2. Gleich nebenan. Auf zahlreichen Avantgarde-Konferenzen der letzten Jahre wird erstaunt nach der Begeisterung gefragt, die europäische Avantgardisten angesichts von Massenaufmärschen, Sturzkampfbombern und politischer Tabula-rasa-Beschallung überfiel. Aus der Distanz wird sichtbar, dass ›Entgrenzung‹ gewaltbereit ist, wie ›Reinheit‹ politisch wurde und ›Wahrheit‹ mit den Meinungen Schluss machte. Auf Deutschland bezogen, ist das Verhältnis der Kunst zur Weimarer Republik von Interesse. Mit großem Erstaunen entdeckt man unheimliche Nachbarschaften politisch geschiedener Autoren: die Sehnsucht nach ultimativen Gegensätzen, nach der großen

Krise, der Zerstörung der Oberfläche – woraus dann das Neue blühen sollte, das ›Leben‹, das ›Andere‹, das ›Reich‹. Weiterhin gab es ein Verlangen nach Pistolen-Duellen, Letztbegründungen und einer Dichter-Priester-Krieger-Kaste. Die entsprechenden Darbietungen waren raunend, beschwörend, die Literaturwissenschaft raunt mit, und so ist es erfrischend, in der »Deutschen Geschichte« Gordon Craigs (1978) ein Urteil aus der Distanz zu finden: »Ein hervorstechendes Kennzeichen des Weimarer Kulturlebens war die Abneigung seiner führenden Vertreter gegen die republikanische Verfassung und gegen deren Organe in Regierung und Parlament.« Craig belegt das mit antidemokratischen Platitüden Kurt Tucholskys, und auch das ist erhellend, bricht es doch mit der Annahme, dass Intellektuelle, die gegen die aufmarschierende Rechte kämpften, sich zwangsläufig um Freiheit sorgten oder die Demokratie verteidigten. Im Jahr 1931 hielt der russische Literaturtheoretiker Tretjakow einen Vortrag in Berlin. Er stellte, so berichtet ein zeitgenössischer Beobachter, die neue sowjetische »Kollektivliteratur« vor, schilderte, wie durch gewisse Zwangsmaßnahmen jede »individualpsychologische Literatur« verschwunden sei und präsentierte den neuen Menschen einer neuen Kunst, »ohne Dämon und Triebe«; danach pries er die Rote Armee. Das literarische Berlin, das in großer Zahl versammelt war, klatschte, so der Beobachter, »begeistert und enthusiasmiert«. Dieser Beobachter, der scharf die Nähe von utopistischen Kunstkonzepten und politischer Gleichschaltung sieht, ist Gottfried Benn, 1931. Zwei Jahre später wird er vom »Verlust des Ich an das Totale«

schwärmen, »Geistesfreiheit« mit »Zersetzungsfreiheit« gleichsetzen und ins »mythische Kollektiv« eintreten – das stärker war als der Wille zur Freiheit.

Station 3. Wer Lichtreinbringer sein will, braucht Dunkelheit, schwarz und tief. Die Generation der Achtundsechziger hat die fünfziger Jahre der Bundesrepublik mit der Finstervokabel »Restauration« belegt. Zwar spricht einiges dagegen, die Verfassung, die Westbindung, doch gab es zweifellos Kontinuitäten und alte Mächte, welche auch die neuen waren. Das belegt die offizielle Quellensammlung deutscher Dichter, die unter dem Titel »Vaterland, Muttersprache« erscheint. Das Buch enthält unzählige Erklärungen, offene Briefe, Forderungen, *Deutsche Dichter über alles* sollte es eigentlich heißen. In einer Äußerung unter dem Titel »Dämonokratie« stellt Peter Rühmkorf sich und die Kollegen als »befugte Minderheit« (Weltgeist?) der »machtmissbrauchenden Partei« (45,2 %) gegenüber; am Horizont schaut er eine »Revolution der Intellektuellen«. Allerdings stehen dem gewisse Hindernisse im Wege, zum Beispiel das Wahlrecht: »Vier Wahlstimmen für vier Nobelpreise, vier für ein Kaffeekränzchen, wo solche Rechnung aufgeht, ist etwas faul im Staat Democracy.« Ebenfalls aus den fünfziger Jahren stammt eine Äußerung von Alfred Andersch unter dem Titel »Skandal der deutschen Reklame«. Hier ereifert sich der durch sein Eintreten für Ernst Jünger bekannt gewordene Autor über den Anblick »reichlich dekolletierter Damen«, über junge Herren mit Clark-Gable-Image, über die zahlreichen englischen Einsprengsel in der deutschen Sprache und erklärt schließlich die Nachkriegsgesellschaft zu einer »in Permanenz tagenden Cocktail-Party«. *Besser als Polen-Überfallen*, möchte man sagen, aber Andersch will *Haltung*! Schon in einem Leitartikel des später verbotenen *Ruf* hatte er dem neuen Europa die Hitlerjugend sowie die jungen deutschen Soldaten ans Herz gelegt. Denn die hätten sich in den letzten Jahren des Dritten Reiches unter »rücksichtsloser Hingabe ihrer ganzen Person« eingesetzt. Zwar stand Deutschland für eine falsche Sache, »aber es stand«. Und eben diese »Gemeinsamkeit der Haltung und des Erlebens« ermögliche nun den Brückenschlag zu den Existentialisten und Wahrheitsvertretern anderer Nationen, z. B. zu Sartre und seinen »französischen Kameraden«. Alles, was deutsche Intellektuelle des 19. und 20. Jahrhunderts ausgezeichnet hatte, ist wieder da: die Selbstermächtigung, Massenverachtung, die Ablehnung demokratischer Institutionen und tiefer Ausschnitte sowie eine merkwürdige Aversion gegen Partys von Leuten, die einem nichts getan haben. Wo ist die Restauration, wenn nicht hier?

Station 4. Play it again. Als die DDR verschwand, zeigte sich erneut die Hartnäckigkeit bestimmter Muster der Moderne-Kritik. Als die Leute aufbrachen, demonstrierten und einkaufen gingen, ließen die Dichter die Vorhänge runter und verfassten Aufrufe unter Titeln wie »Bleiben Sie bei uns!« oder »Für unser Land«. Diese Texte sind stilistisch ergiebig. Noch immer ist der eigentümliche »Wir«-Sound erhalten – 19-mal ›wir‹ auf einer guten Seite – der den Leuten eine Einheit vorredete, die es längst nicht mehr gab. Christa Wolf sprach im DDR-Fernsehen, geißelte, protestantisch-idealistisch, das vergnügungssüchtige Treiben im Westen, sie sprach von Utopien, verkündete ein »nützliches und interessantes Leben« ... da ging die Quote in den Keller. Stilistisch bemerkenswert ist auch das hartnäckige Festhalten an eingeübtem Politvokabular. Als die Welt aus den Bahnen ging, sahen die Worte alt aus. Ungebrochen ist von der »revolutionären Erneuerung«, vom »Volk«, von »einflussreichen Kreisen aus Wirtschaft und Politik in der Bundesrepublik« und von der »sozialistischen Alternative« die Rede. Ebenso charakteristisch ist die Ausweitung des Begriffes »demokratische Gesellschaft« zu »wahrhaft demokratische Gesellschaft«, denn derartige attributive Ergänzungen sind aus der Geschichte des 20. Jahrhunderts zur Genüge bekannt. Wer den Leuten statt Freiheit »wahre Freiheit« versprach, meinte damit in der Regel, dass hier und heute zunächst gewisse Einschränkungen zu ergreifen seien, die aber *später! – dann! – in lichter Zukunft! – einst!* verschwinden würden. Und dialektisch füllten sich die Kerker. Die spezifische Melange dieser Aufrufe ergibt sich allerdings erst durch die Verbindung der Politformeln mit der Tradition deutscher Innerlichkeit: »Fassen Sie zu sich selbst und zu uns, die wir hier bleiben wollen, Vertrauen.« Grass und Frisch schickten aus dem Westen eine Solidaritätsadresse.

... zu den Wurzeln der Moderne und Gegenmoderne ...

Theorien und Traktate – was hat das alles miteinander zu tun? Die These ist: Solche Stationen sind Punkte einer Fluchtlinie – wenn man sie auf jene

Kunstreligion bezieht, die sich Ende des 18. Jahrhunderts als Reaktion auf die politische, soziale und denkgeschichtliche Moderne herausbildet und bis ins späte 20. Jahrhundert als (deutsches) Oppositionsmodell zu den Grundlagen der westlichen Welt versteht. Die Mythen dieser Glaubenslehre sind konzentriert in ihren Anfängen zu finden – zum Beispiel bei Friedrich von Hardenberg (1772–1801), der sich Novalis nannte. Ein Gang zu den Wurzeln hat Vorzüge. 1. Gedankenfiguren, die später starr werden und verkümmern, lassen sich hier im Zustand der Entstehung beobachten. 2. Den Anfängen ist noch jene Hoffnungslosigkeit fremd, die George und Adorno die Feder verbiegt. 3. Welt und Gegenwelt sind noch nicht geschieden, Dichtung und Alltagssprache durchspülen sich noch in den Werken Friedrich von Hardenbergs.

Das Zeitalter der Französischen Revolution gilt als Einbruch der Moderne; das ist eine Verkürzung. Zweifellos – viele Entwicklungen, die vom ästhetischen Denken der Goethezeit reflektiert und angetrieben, betrauert und bekämpft werden, sind älter, haben in den Jahrhunderten zuvor ihre Anfänge. Zweifellos – Erfindungen der Kunst, die lange als epochal neu galten, sind älter, lassen sich zumindest bis zur Renaissance zurückverfolgen. Dennoch ist der Bezug auf die Französische Revolution begründbar. Denn hier liegt erstmals im europäischen Rahmen die Realisation einer bürgerlichen Gesellschaft vor. Aus diesen Anfängen heraus hat sie sich in den folgenden zwei Jahrhunderten in Wandlungen, Unterbrechungen und langen Kämpfen gegen ihre Feinde behauptet. In dieser Welt leben wir noch heute. Und alles, was der ästhetische

Modernismus als Teil dieser Geschichte und im Widerspruch zu ihr hervorgebracht hat, ist in der Zeit um 1800 schon gedacht worden, danach kommen, bis hin zu Adorno, die Variationen. Mit ihnen leben wir noch. Zurück zu Novalis. Auch für ihn hat die Moderne ihre Wurzeln, in der Reformation, der Aufklärung, dem Absolutismus. Doch er schreibt im Bann der Französischen Revolution, als die Moderne kulminiert, zur Anarchie gerät. Das Zeitalter der Trennungen ist vollendet, die Fliehkräfte haben gesiegt.

Der Begriff Revolution ist erklärungsbedürftig. Mit Robespierre und der Guillotine haben die Romantiker nur begrenzte Probleme. »Die Hinrichtung des Königs von Frankreich hat ganz Berlin von der Sache der Franzosen zurückgeschreckt; aber mich gerade nicht«, teilt Friedrich Heinrich Wackenroder unbekümmert mit. Und auch Novalis ist versucht, die »eiserne Maske« Robespierre zu romantisieren, denn die Jakobiner vertreten eine – wenn auch dunkle – politische Religion. Das Unglück beginnt erst, als die Revolution auf eine bürgerliche Ordnung hinausläuft. Jetzt spricht Novalis von »revolutionairen Philistern«, und damit sind nicht die Schreiber von Todeslisten gemeint, sondern Demokraten und Kapitalisten. Woran krankt deren Welt? Wie soll die Moderne geheilt werden?

Wer heute die Alte Nationalgalerie in Berlin betritt, verharrt – unter jenem lichten Standbild Johann Gottfried Schadows – vor Prinzessin (später Königin) Luise von Preußen und ihrer Schwester Friederike, die sich lächelnd umfassen. Novalis wollte um diese Skulptur eine »Loge« gründen und mit ihr die preußische Jugend erziehen. »Jede gebildete Frau und jede sorgfältige Mutter« soll ein Bildnis Luises in ihrem oder ihrer Töchter Wohnzimmer haben. »Ähnlichkeit mit der Königin« ist das Lernziel. Den Hof seines neuen Staates entwirft Novalis als Gesamtkunstwerk, als Mischung aus althergebrachten Zeremonien und romantischem Happening. »Innige Berührung« soll dort herrschen, veranstaltet vom König, dem »Direktor der Künstler«. Die Staatsbürger werden »Abzeichen und Uniformen« tragen, Schönheit und Sittlichkeit werden neu erstehen, denn Luise ist nicht nur Berlins Sex, sondern auch Preußens Moral. Und dieses romantische Preußen ist ein Modell gegen den Absolutismus und die Revolution; ein Staat, der seine Bürger über ästhetische Symbole, in denen sich Vernunft und Sinnlichkeit inkarnieren, zusammenführt und vereint.

Das Reich der Kunst scheint ohne politischen Zwang zu leben. Novalis erklärt, dass es ihm um die »freiwillige Annahme« eines Herrschers gehe und dass sein anderes Preußen als »Dichtung« zu betrachten sei. Gleichwohl war es ihm Ernst – denn die Dichtung »Glauben und Liebe«, in der dies alles steht, wurde in ihrem ersten Teil 1798 in den »Jahrbüchern der preußischen Monarchie« veröffentlicht, einer Hofzeitschrift. Sie war also politisch gemeint, hatte Politiker als Adressaten, und daher darf politisch zurückgefragt werden: Was passiert, wenn sich Bürger ›freiwillig‹ entschließen, Luises Bildnis nicht in ihrem Wohnzimmer aufzuhängen? Romantiker reagieren auf solche Fragen in der Regel empört bis blasiert, so auch Novalis: »Wer hier mit seinen historischen Erfahrungen angezogen kömmt, weiß gar nicht, wovon ich rede.« Aber kommt nicht immer dort, wo es um das Innere der Häuser und Menschen geht, zuletzt die Geheimpolizei? Wer utopisch denkt, stellt solche Fragen nicht.

Doch die in »Glauben und Liebe« verbrämten Konflikte brechen an anderer Stelle auf. In seiner Geschichtsrede »Die Christenheit oder Europa« beschreibt Novalis eine Situation, in der Individuelles und Allgemeines aneinander geraten. Es geht um Galileo Galilei, der es bekanntlich ablehnte, seine persönlichen Vorstellungen von Wirklichkeit und Wahrheit zu unterdrücken – die ›Liebe‹ zum kirchlichen Sinngefüge des Mittelalters war nicht stark genug. Und hier, in der Vergangenheit, wird Novalis deutlich. Diesen »frechen Ausbildungen menschlicher Anlagen auf Kosten des heiligen Sinns« sei die päpstliche Gewalt »mit Recht« entgegengetreten. Im rhetorischen Gefüge der »Europa« gehört eine zentrale Kontrollinstanz zu den schönen und wesentlichen Zügen des Mittelalters, die im neuen, nachrevolutionären Europa wieder aufleben sollen.

So will die Romantik einen ästhetischen Staat und gerät in die Nähe von Zwangsmaßnahmen. Novalis beklagt die Uniformität der Moderne und träumt von einer neuen Ordnung, in der *ein* Bild die Wohnzimmer ziert. Wie ist das zu erklären? Die Romantik wendet sich gegen eine zentrale Errungenschaft der Neuzeit – gegen die weltanschauliche Neutralisierung des Politischen und damit gegen ein Ergebnis des blutigen Zeitalters der Religionskriege. Woran die Leute glauben, wird ihnen mehr und mehr selbst überlassen, und der Staat ist dann gerechtfertigt, wenn er das Mit- und Gegeneinander seiner Bürger fördert, regelt, sichert. Zu den im 17. und 18. Jahrhundert erörterten

Problemen neuzeitlicher Gesellschaftsintegration äußert sich Novalis wie folgt: »Der Beste unter den ehemaligen französischen Monarchen hatte sich vorgesetzt, seine Unterthanen so wohlhabend zu machen, dass jeder alle Sonntage ein Huhn mit Reiß auf seinen Tisch bringen könnte. Würde nicht die Regierung aber vorzuziehn seyn, unter welcher der Bauer lieber ein Stück verschimmelt Brod äße, als Braten in einer anderen, und Gott für das Glück herzlich dankte, in diesem Lande geboren zu seyn.« Das ist eine rasante Verkürzung, die Schule gemacht hat, denn das oben erwähnte Manifest »Für unser Land« enthält genau diesen einen Gedanken: Freiheit ist die Möglichkeit, einkaufen zu gehen. Diese Freiheit und Banalität der modernen Philister hat Novalis in einem bösartig genauen Fragment beschrieben. Er mokiert sich über ihre »parties« (s. o.), schildert ihre ästhetischen Anfälle, den »Sonntagsrausch«, die höchsten Freuden (»Reise, Hochzeit, Kindtaufe«) und ihre religiösen Betäubungen. Das ist die »Anarchie« – heute sagt man Beliebigkeit – der Moderne. Und dagegen wird die Kunst angerufen! »Der ächte Dichter ist aber immer Priester.« Er schafft der entzauberten Welt einen Horizont. Eben Schadow – vor seiner Luise sollen die Bürger stehen bleiben und schweigen, gemeinsam, und sinnen, vereint.

Die Moderne steht unter dem Signum der Trennung, der Diffusion. Klagend und polemisch entwirft Novalis das Panorama einer auseinander treibenden Welt, die ihre Poesie verloren hat, aus deutungslosen Zeichen besteht. Modern wird die Natur – eine »sich selbst mahlende Mühle«, mechanistisch und kausal zu deuten, eine Mühle »ohne Baumeister und Müller«. Modern die Politik – »unabhängig« von Moral und Glauben. Modern die Wissenschaft – sie erzeugt den Typus eines intellektuellen Facharbeiters. Über »dem Denken dieses oder jenes Gedankens« vergisst er es, mit der Vernunft nach dem »Grund der Gedanken« zu fragen. »Geschäftsmänner« beherrschen die Moderne. Sie zerlegen die Welt in »Wirkungskreise«. Ihre »Gesichtssphäre« ist funktional. Damit mögen sie zivilisatorische Annehmlichkeiten hervorbringen, aber Novalis konnte sich nicht vorstellen, dass ein Staat ohne Glauben und Liebe, der nur noch Verfahrensregelungen festsetzt, auf Dauer funktionieren kann. Er nannte das eine »Fabrik«, in der alten Bundesrepublik hieß das bloß formale Demokratie. Man hofft auf eine neue Ordnung. Doch vorläufig, in der Welt der Philister, steht die Kunst am Rand. Nur sie selbst weiß von ihrer Mission; und träumt.

Sie träumt von Macht. Ausgebreitet sind die entsprechenden Phantasien im Mittelalter- und Bildungsroman »Heinrich von Ofterdingen«. Der junge Heinrich, Dichter im Werden, tritt seine Reise in die Welt zusammen mit einer Gruppe von Kaufleuten an, die ihn vom heimatlichen Thüringen nach Augsburg begleiten. Diese Herren sind nicht nur ökonomisch versiert, sondern auch gesellschaftstheoretisch *high on top*, und das hieß schon im Mittelalter: Systemtheoretiker! Thüringen ist für sie ein Ärgernis. Dort liegt die Formulierung politischer und moralischer Normen in den Händen der Geistlichkeit und damit »eines von dem weltlichen Leben abgesonderten Standes«. Die Priester haben Ideen, »die nicht auf die wirklichen Verhältnisse passen«, und Fürsten, die sich »von so ungeselligen und wahrhaft unerfahrenen Männern beraten« lassen, behindern die Effizienz des Teilsystems Wirtschaft. In Schwaben läuft es besser, »wahrhaft kluge und erfahrene Männer« betreiben dort das Geschäft der Politikberatung.

Heinrich aber liebt (wie Novalis) das unentfremdete Thüringen und stellt der »durch Rücksicht auf eigenen Vortheil geleiteten« Systemrationalität das Modell einer zentralen Steuerung gegenüber. Sind nicht Priester respektive Dichter – so seine rhetorische Frage – durch eine »höhere Kunde« geschickt, »unpartheiisch den Zügel menschlicher Angelegenheiten zu führen?«. Die Kaufleute beantworten Heinrichs entsprechende Vorstellungen elegant – sie weisen dem jungen Mann ein Teilsystem zu: »Es dünkt uns, ihr habt Anlage zum Dichter.«

Das findet Heinrich auch, doch meint er damit etwas anderes. Die stichwortartigen (nicht umsonst unausgeführten) Fortsetzungspläne dokumentieren, wie Heinrich von Ofterdingen das Abendland verzaubert. Er trifft den Kaiser und die Hesperiden, wird wahnsinnig, dann Feldherr, errät den Sinn der Welt, pflückt Blumen und zeugt ein siderisches Kind. Offenbar sollte der Roman jene Welt wiederherstellen, die Hegel »Heroenzeit« nannte – da noch »die besondere Individualität mit dem Substantiellen in trennungslosem Zusammenklange« bestand. Die Moderne, in der »die Selbständigkeit partikulärer Entschlüsse« immer nur für bestimmte »Bezirke« der Gesellschaft Folgen hat, soll versinken, untergehen, verschwinden.

Doch zurück nach Preußen. Das Projekt Kunstreligion verlangt eine Menge Arbeit – zum Beispiel Politikberatung. Denn Preußens König und seine Gemahlin sind zwar »das Prinzip der öffentlichen Gesinnung«, aber damit sie das verstehen, brauchen sie eine intensive Betreuung durch Dichter und Intellektuelle. Diese werden als zivilistische Adjutanten verbeamtet und tragen am Hof »vollständige, genaue und präzise Berichte über den vormaligen und gegenwärtigen Zustand der Litteratur« vor; sie verlesen »Auszüge aus den vorzüglichsten Büchern« und verweisen insbesondere auf die »Entwicklung neuer litterarischer Keime« … Das ist das Glück der Dichter, den König zu erziehen und sanft zu lenken, ohne in die Niederungen der Empirie hinabzusteigen. In der DDR besaßen wichtige Dichter die Telefonnummer des Staatsratsvorsitzenden. Für und mit Willy Brandt zogen Romanautoren auf Wahlkampftournee. »Der König und die Intelligenz des Staates«, so Friedrich von Hardenberg, müssen »identisch« sein.

Solche Phantasien zeigen: Intellektuelle lieben Ordnung. Der Staat soll eine Schule sein, der »Königsdienst« ein »Gottesdienst«, der Hof eine »Familie«. Intellektuelle wollen überschaubare Verhältnisse, im Raum und in der Zeit. (Wie erstaunlich, dass man sie manchmal für Veränderungsexperten gehalten hat!) Unentwegt malen sie die »totale Zerfließung«, die »vollkommene Auflösung der modernen Welt« an die Wand! Soeben noch geglaubte Wahrheiten verdampfen! »Krisis permanent« – die Zeit läuft schneller! Ganz besonders gelten solche Diagnosen für offene Gesellschaften, in denen die Herrschaft zwischen den »mannigfaltigen Parteimachern hin und her«

schwankt und man »nicht immer gleich weiß, bei wem gerade den Tag die Regierung anzutreffen ist«. Äußerungen dieser Art zeigen, dass politische Romantiker einen außerordentlich scharfen Blick für die Kosten der Moderne haben – so scharf, dass sie deren Gewinne übersehen. Novalis führt als Argument für einen autoritären Staat an, dass der Mensch dort nur »unter einem willkürlichen Schicksale« leide, in der Demokratie dagegen unter vielen – ohne in Erwägung zu ziehen, dass Partikularisierung auch ein Schutz ist, dass mehrere Machtansprüche sich relativieren und den Einzelnen weniger erfassen können als eine Zentralmacht.

Aus solchen Blickverengungen resultiert die im ästhetischen Gegenmodernismus hartnäckige Ablehnung von Verfassungen und Institutionen. Wer einen Staat durch eine »absolute Tendenz« befestigen will, muss politische Apparaturen als verstandesgeprägte, oberflächliche Mechanismen ansehen, die wenig zur Erziehung des Menschen beitragen. Nun reden Verfassungen in der Tat nicht von Vollkommenheit; sie können, wenn es gut geht, Menschen voreinander und vor ihren Ideen von Vollkommenheit schützen. Ebenso machen sich romantische Denker wenig Gedanken darüber, dass in ihren utopischen Ordnungen Revisionsmöglichkeiten fehlen. Novalis will seinen König nicht als Staatsbeamten verstanden wissen, sondern »als zum irdischen Fatum erhobenen Menschen«. Die politische Frage ist, wie man ein solches Fatum bei Bedarf wieder los wird.

»Wir haben Gerechtigkeit gewollt und den Rechtsstaat bekommen«, klagte die Bürgerrechtlerin Bärbel

Bohley nach der Wiedervereinigung. Bis weit ins 20. Jahrhundert verwechseln politische Romantiker Gesinnung und Institution, Religion und Politik. Ihnen entgeht, dass Gesinnungen wie »Glauben und Liebe«, gerade weil sie nicht verstandesabhängig sind und nicht offen erörterbaren Zwecken folgen, für eine versteckte, emotional kaschierte Autorität und für Zwangsmechanismen jeder Art sehr viel anfälliger sind als der »papierne Kitt von Verfassungen«.

Dieses am Ende des 18. Jahrhunderts erzeugte Gemisch von Argumenten, Metaphern und Gefühlen ist national aufgeladen. Seine Bilder von einer neuen Ordnung bindet Novalis an eine Idee von Deutschland und schreibt so an einem intellektuellen oder kulturellen Nationalismus mit, der seit Mitte des 18. Jahrhunderts lebendig ist. Zunächst ist es mit Deutschland nicht weit her, zivilisatorisch hat man Nachholbedarf – aber Defizite lassen sich umwerten. Noch ist der Deutsche unter den Völkern »das Hänschen«, doch wird es ihm gehen wie anderen zurückgebliebenen Kindern: »Er wird leben und klug seyn, wenn seine frühklugen Geschwister längst vermodert sind, und er nun allein Herr im Hause ist.« Bei diesen Geschwistern handelt es sich um England und Frankreich, ehe im 20. Jahrhundert die USA hinzutreten. Der Westen: Die Menschen dort leben für ihr abendliches »Huhn im Topf«. Aus der Natur machen sie einen »Park«. Ihr »Partei-Geist« zerstört jede wahre Gemeinschaft. Sie spekulieren mit Geld, sie wählen Schauspieler zu Präsidenten und reißen »die Natur, den Erdboden, die menschlichen Seelen und die Wissenschaften« auseinander.

Auf der anderen Seite steht der Deutsche, der sich zum »Genossen einer höheren Epoche« heranbildet. Allerdings ist der Deutsche vorläufig nur der deutsche Dichter (die anderen sind noch nicht so weit); und der deutsche Dichter ist vorläufig nur Novalis, Schlegel, Tieck, Schleiermacher (vielleicht auch Goethe); und dieses geheime Deutschland muss sich, weil es geheim ist, mit Selbstbeweisen trösten. Denn die starke Behauptung, dass Deutschland einen »langsamen, aber sichern Gang vor den übrigen europäischen Ländern« vorausgeht, belegt Novalis zuletzt und vor allem mit den »Reden über die Religion« Friedrich Schleiermachers, also mit einem Buch, und dieses Buch verdankt zentrale Ideen wiederum Novalis. Die Katze Avantgarde beißt sich in den Schwanz.

Aber bei Rhetorik-Übungen bleibt es nicht. Zwar gehen das geheime Deutschland und die Staatsnation Deutschland im 19. und 20. Jahrhundert meist getrennte Wege, doch kommt es immer wieder zu Bündnissen, zu heftigen Entladungen, in denen »Germanität als Ideal« und Germanität als Kanonendonner zusammenfinden, um gemeinsam einen »Universalstaat« zu begründen. Für die Romantik sind es die Befreiungskriege, hier gelingt (Novalis ist nicht mehr dabei) der Brückenschlag aus den Denkerzirkeln auf die Schlachtfelder. Wie ähnlich sind die Theorien und Traktate hundert Jahre später, 1914. Und nach den Kriegstraktaten und nach den Schlachten kommen, auch das kehrt wieder, die Klagen. Man sieht ›die Utopien verraten‹. Und ›leidet an Deutschland‹.

Schon Novalis scheiterte. Sein Vorschlag zur Romantisierung Preußens stieß am Hof auf Achselzucken und Unwillen. »Von einem König wird mehr verlangt, als er zu leisten fähig ist«, soll Friedrich Wilhelm III. geäußert haben. Die geplante Veröffentlichung des zweiten Teils von »Glauben und Liebe« wurde gestrichen. Bezeichnend ist die Reaktion des ästhetischen Milieus. Friedrich Schlegel, der sich um die Veröffentlichung gekümmert hatte, erklärt den Hof – soeben noch umworben – nun für beschränkt. Kritik verstärkt den Avantgarde-Anspruch. Wer widerspricht, hat keine andere Meinung, sondern ist Teil der Reaktion. Hinzu kommt eine mimosenhafte Empfindlichkeit, die angesichts der eigenen Attacken erstaunlich ist, sich aber aus der Spannung von faktischer Außenseiterrolle und ideellem Missionsdrang ergibt. »Glauben und Liebe« war jedenfalls gescheitert, und nicht besser erging es der Rede »Die Christenheit oder Europa«, die nicht mal die eigenen Freunde abdrucken mochten. Der »Ofterdingen« blieb unvollständig liegen.

Solche Enttäuschungen entfachen Aggressionen. Auf die romantischen Gewaltpotentiale ist bisher wenig geachtet worden. Bekannt sind die Visionen von einem Friedenszustand, wie ihn Novalis im Finale der »Europa«-Rede beschwört. »Von heiliger Musik getroffen«, finden die Menschen zusammen und feiern ein Liebesmahl »auf den rauchenden Wahlstätten mit heißen Tränen«. Schon hier fällt allerdings die enge Verbindung von Krieg und Frieden auf, so als sei der Friede dort besonders wahr, wo im Hintergrund noch Trümmer rauchen. Klartext aber wird im »Heinrich von Ofterdingen« geredet. Der Krieg, so erfährt der romantische Lehrling, hat den Sinn, die Erstarrungen der Philisterwelt zu zerbrechen. Auf der Oberfläche mag man um »armseligen Besitz« streiten, in Wahrheit geht es darum, »die unnützen Schlechtigkeiten« einer Zeit »durch sich selbst zu vernichten«. Anders gesagt: Der Weltgeist räumt ab, und die Euphemismen, die parfümierte Wortwahl und die stelzende Syntax bilden einen trefflichen Auszug aus der großen Anthologie ›Deutsche Dichter über den Krieg‹: »Im Kriege regt sich das Urgewässer. Neue Welttheile sollen entstehen, neue Geschlechter sollen aus der großen Auflösung anschießen. Der wahre Krieg ist der Religionskrieg; der geht gerade zu auf Untergang, und der Wahnsinn der Menschen erscheint in seiner völligen Gestalt. Viele Kriege, besonders die vom Nationalhaß entspringen, gehören in diese Klasse mit, und sie sind ächte Dichtungen.« So beginnt um 1800 mit dem Hass auf die bürgerliche Welt jene Affinität zum Krieg, von der ein Spätromantiker wie Peter Handke bis heute nicht loskommt. Der Traum von Reinheit ist ein Traum von Gewalt.

Ein gewisser Abstand zum Krieg sollte aber möglichst eingehalten werden. Das lernt Heinrich, wenn er während seiner Reise auf ein Schloss gerät, wo Kreuzritter einen Kameradschaftsabend feiern. Umgehend wird er von einer »kriegerischen Begeisterung« ergriffen, küsst ein Schwert, das er nicht mehr loslassen mag; dann wird ein Kreuzzugslied gesungen, das seine »ganze Seele in Aufruhr« bringt. Diese Emphase wird aber dadurch abgekühlt, dass Heinrich bei einem abendlichen Spaziergang auf eine aus dem Orient ›mitgebrachte‹ junge Frau trifft, die offensichtlich vom Schlossherrn als Mätresse gehalten wird. Diese Zulima ist lebender Beweis für die Grausamkeit der Kreuzzüge und bringt den Romantiker in einen Konflikt. Heinrich, so heißt es, »merkte eine wunderliche Verwirrung in der Welt«. Distanzierung ist die Lösung: »Der Mond zeigte ihm das Bild eines tröstenden Zuschauers und erhob ihn über die Unebenheiten der Erdoberfläche, die in der Höhe so unbeträchtlich erschienen, so wild und unersteiglich sie auch dem Wanderer vorkamen.« Das Leid des Einzelnen mag »wild und unersteiglich« sein, doch aus der Ferne sind die Gegensätze Teile einer Landschaft, die in ihren »Unebenheiten« schön ist. Dazu gehört der Krieg.

Scheiternde Kulturkritik kann aggressiv werden – oder trauern. Friedrich von Hardenbergs Abgesang sind die »Hymnen an die Nacht«. »Unselige«, nicht mehr deutbare Geschäftigkeit, so die Klage, fesselt den modernen Menschen. Zwar gibt es »in diesem irdischen Tagewerk« noch Glückserfahrungen, doch die sind privatisiert: Wein, Opium, Sex, alte Bücher und Geschichten. Nachdem der Antimodernismus die Welt aufgegeben hat, wendet er sich ins Gnostische. »Hütten des Friedens« sind das Ziel, abseits vom »Treiben der Welt«. Von fern klingt die romantische Mission, die Empirie »zu heiligen mit Liebe«, noch einmal an, aber man hat wenig »Spuren« hinterlassen, und das Verlangen richtet sich auf »das Ende«, auch das eigene. Die von der »Heimat« entfernte Gegenwart erscheint als »Wut« und »Toben«, als Gewaltzusammenhang, der den »alten herrlichen Himmel« zum Verschwinden gebracht hat. Die Romantik, so sagen es die »Hymnen an die Nacht«, ist in der Zeit gescheitert, was bleibt, ist die Flucht nach oben oder unten:

»Ein Traum bricht unsre Banden los / Und senkt uns in des Vaters Schoß.«

Trauernde, abgewandte oder gewalthafte Dichtung hat es immer gegeben. In der alteuropäischen Kunst waren das Möglichkeiten des Menschen, Optionen unter der Sonne, Tage der Trauer, des Zorns. Die Weite des Lebens geht verloren, wenn bestimmte Ausdrucksweisen Umsetzungen eines totalisierenden Programmes sind; wenn Weltnegation das einzig Wahre im Falschen sein soll; wenn eine Ästhetik des Verbots herrscht. Das ist die Situation der ästhetischen Moderne. Ihre Opposition zur Gesellschaft hat Folgen für die Kunst. Schon bei Novalis kommt es – zum Glück nur in der Theorie – zur Begründung einer esoterischen Sondersprache, die sich von der Redeweise der Alltagswelt absetzt und ein Refugium sein will. Wer »mit wenigen in einer großen gemischten Gesellschaft etwas Heimliches reden will«, heißt es, »muß in einer besondern Sprache reden«; gefordert wird eine »Räthselsprache«, die nur der verstehen kann, »der es verstehn sollte«. Dieses Ziel ist im 20. Jahrhundert in kaum erwartbarem Ausmaß erreicht worden, der Leser wurde, wie von Novalis vorausgesehen, »ein Eingeweihter«; oder: Nur Eingeweihte wurden Leser. Bis hin zu Adornos Kunsttheorie hat die Pflicht gewirkt, Kunstsprache und Alltagssprache zu scheiden. In Rhythmik, Satzbau und Wortwahl hat sich daraus eine Sterilität und Gespreiztheit entwickelt, eine aus der Rückschau merkwürdige Angestrengtheit, deren Sinn man immer schwerer versteht.

Auch inhaltlich ist der ästhetische Modernismus

engherzig geworden. Denn er neigt dazu, die gefallene Zivilisation entweder in einer gewissen Voraussehbarkeit zu dämonisieren oder, was einfacher ist, sie gar nicht mehr vorkommen zu lassen. Mit dem Siegeszug der modernen Welt werden die Absonderung, die Stoffnot, die Weltverneinung immer größer. Das Reich des Lichts engt sich immer mehr auf die Kunst ein, die unentwegt von der Kunst spricht; sie erhebt sich zum letzten und einzigen Gottesbeweis. Auch hier findet man Anfänge bei Novalis. Der Held seines Romans ist Dichter und soll die Welt erlösen. Er trifft Kaufleute, die nicht verkaufen, sondern Geschichten erzählen. Diese Geschichten handeln davon, wie Dichter die Welt erlösen. Ist nicht in den Anfängen schon die Verweigerung spürbar, sich auf fremde Wirklichkeitsbereiche einzulassen? Spätestens in der zweiten Hälfte des 20. Jahrhunderts werden dann kulturelle und intellektuelle Milieus verdoppelt, mit zunehmender Verhärmung.

Der ästhetische Modernismus hat einen Einheitsfuror, in ihm lebt eine gefährliche Sehnsucht nach substantialistischen Wahrheiten, er ist grundiert von Machtphantasien seiner Wortführer. Man wird den Begriff der modernen Kunst neu akzentuieren müssen. Modern ist diese Kunst, weil sie in einem Spannungsverhältnis zur Moderne steht. Viele ihrer größten Exponenten hassten die Luft, die sie atmeten, obwohl sie Grundlage ihrer Kunst war. Das wird dort zum Problem, wo der ästhetische Reiz der Werke durch ihre Ideologie vergiftet ist; wo man nicht lesen kann, ohne in vergangene Kämpfe zu geraten. Solche Kämpfe mögen historisch interessant sein, aber sie werden den

Nachgeborenen zunehmend fremd. Mit dem Zeitsprung 1989 ist vieles weiter entrückt, in eine Vergangenheit, die sich zusammenzieht.

... und zurück

Gegen eine solche Zusammenschau wird man vieles einwenden. Schon am Beispiel der Romantik selbst: Haben nicht die Frühromantiker die Subjektivität als ästhetische Kategorie, die Ironie als Sprechweise, das Fragment als Form postuliert, erfunden, gefeiert? Und sind nicht gerade solche Größen unbestreitbar poetische Reaktionen auf das Auseinanderbrechen der vormodernen Einheit der Gesellschaft, auf die denkgeschichtliche Relativierung des Wahrheitsbegriffs, auf Beschleunigungserfahrungen, auf die Freisetzung der Kunst, die autonom wird, für sich selber sorgt? Das ist die eine, oft erzählte Geschichte der Moderne. Sie ist zur Hälfte wahr. Denn diese ästhetische Modernitätsemphase ist untrennbar verbunden mit einem ideologischen Antimodernismus; und in der Rückschau auf das 19. und 20. Jahrhundert wird man sagen müssen, dass der Antimodernismus stärker war. Die neu gefundenen Sprachformen wurden zu Mitteln – um das Verlangen nach einer Wiederherstellung vormoderner Einheits- und Stabilitätserfahrungen sagbar zu machen, die Sehnsucht nach einer Verbindlichkeit von Kunst auszudrücken, die jener der Religion in der vormodernen Ordnung entsprechen sollte.

Daher habe ich hier den Begriff Kunstreligion benutzt. Er bedeutet erstens, dass die Kunsttheorie der deutschen Moderne ein Säkularisat ist, das aus der Transformation religiöser Energien lebt. Es gilt die Formel Albrecht Schönes: Säkularisation als sprachbildende Kraft. Der Zauber der deutschen Kunst rührt an die ältesten Schichten religiösen Fühlens. Die Sprache der Transzendenz, von den Vorsokratikern bis zum Pietismus, wird aufgesogen, befreit, verwandelt – aber auch entstellt. Denn der Begriff Kunst-Religion sagt zweitens, dass es sich um eine in fragwürdiger Weise künstliche Religion handelt, die einen Zustand von Einheit und Ganzheit imaginiert, der verloren ist. Die Kunst steht in der Leere; füllt sie mit Setzungen, Offenbarungen; wird dezisionistisch; erkennt ihre Kontingenz; verschärft ihre Sprache; und so weiter. Bei Gottfried Benn heißt dieser Zustand »Fanatismus zur Transzendenz«. Aus ihm ergibt sich die Affinität zu den Totalitarismen, den politischen Religionen des 20. Jahrhunderts. Damit sagt der Begriff Kunstreligion aber drittens nichts über die Möglichkeiten religiöser Dichtung. Denn hier fehlen Demut und Selbstzweifel des Glaubens. Die Kunstreligion ist eine Religion des Künstlers und damit, aus Sicht des Glaubens, Hochmut. So wie Moses dem Volk in der Wüste sagte, er werde das Wasser aus dem Felsen hervorschlagen. Die Religion wird irdisch und gerechtfertigt durch sich selbst, sie ist ohne Sünde und spricht anmaßend und herrisch, weil sich die Welt ihr nicht mehr fügen will. Man muss genauer lesen, zum Beispiel Hölderlin. Dann sieht man, dass die Kunstreligion ihre Wurzeln verraten hat, in ihren Anfängen schon, durch ihre größten Söhne. In der Elegie »Brot und Wein« beklagt Hölderlin die eigene, dürftige Zeit: »Warum zeichnet wie sonst die Stirne des Mannes ein Gott nicht, / Drückt den Stempel, wie sonst, nicht dem Getroffenen auf?« Dagegen wird das goldene Zeitalter gesetzt, Griechenland, und so soll es wieder werden: »Nichts darf schauen das Licht, was nicht den Hohen gefällt.« Der Wille zur Wahrheit auf Erden, der Hass auf die Teilung der Gewalten, der politischen, der geistigen, hat dieses Sprechen befleckt.

Auf diese Kritik am Modernismus gibt es Antworten. In der deutschen Diskussion nimmt Karl Heinz Bohrer die avancierteste Position ein. Im Gegensatz zum bundesrepublikanischen Common Sense, der gesellschaftliche und ästhetische Moderne als Parallelaktionen versteht, sieht Bohrer die Brüche sehr scharf – und befreit die ästhetische Moderne in einem Akt der Selbstreinigung, beginnend mit der Romantik, von der Gesellschaftskritik, von den Versuchungen zur Totalität, von den Schlacken der Geschichtsphilosophie. Als reiner Kern im Schmelztiegel bleibt ästhetische Subjektivität, im Modus der Ironie, des Fragments, der Zeitlichkeit. Wer einwenden will, dass es schwierig ist, Friedrich Schlegel ohne Mythologie, Kleist ohne Hermannsschlacht und Brentano ohne Gott zu lesen, hat Bohrer nicht verstanden. Ihm geht es um die Stiftung einer ästhetischen Tradition. Dennoch bleiben Fragen. Nimmt man die Autoren, die diese Tradition in der Gegenwart fortsetzen sollen, dann scheint sich ästhetische Subjektivität vor allem im Gestus der Trauer, in bestimmten Obsessionen und einer mehr oder minder esoterischen Sprache zu realisieren. Denn warum sind Jelinek und Handke besonders gelungene Beispiele für Subjektivität? Handelt es sich dabei nicht um eine reduzierte Conditio humana, und liegen nicht in Bohrers Begriff der Subjektivität weiterhin Vorbehalte gegen bestimmte Entwicklungen der gesellschaftlichen Moderne verborgen, die aber, weil sie sich von keiner theoretischen Basis mehr artikulieren können, nicht ausgesprochen werden? Aber das sei dahingestellt; vielleicht kann man sich auf Heine einigen, auf dessen Gedicht »Gedächtnisfeier«, das mit den Versen beginnt:

Keine Messe wird man singen,
Keinen Kadosch wird man sagen,
Nichts gesagt und nichts gesungen
Wird an meinen Sterbetagen.

Der tote Dichter malt sich aus, wie seine Frau Mathilde an einem milden Tag auf Montmartre spazieren geht, einen Kranz von Immortellen trägt, um sein Grab zu schmücken, feuchte Wehmut in den Blicken. Er sieht ihre müden Füße, kann ihr aber keinen Stuhl mehr hinrücken. Die Schlussverse lauten:

Süßes, dickes Kind, du darfst
Nicht zu Fuß nach Hause gehen;
An dem Barrieregitter
Siehst du die Fiaker stehen.

Die Lehre ist: Wer von den letzten Dingen reden will, darf das Barrieregitter nicht vergessen. Heine ist ein Beispiel. Es hat andere Wege als die hier gezeichneten durch das 19. und 20. Jahrhundert gegeben, Dichter und Bücher, die Theorien und Traktate hinter sich ließen. Wystan Hugh Auden ist ein Beispiel. Er hat sich in Kämpfen von den systematischen Blickverengungen seines Jahrhunderts befreit. Er hat bei den Geschichtsphilosophen die Schweine gehütet, aber er fand den Weg zurück – zu den Alten Meistern: »Musée des Beaux Arts« heißt ein Gedicht aus dem Jahr 1938. Darin wird vom Leiden gesprochen, von seiner »menschlichen Rolle«, denn das ist die Lehre der Alten, dass es »geschieht, während einige essen, ein andrer ein Fenster öffnet oder gelangweilt hingeht«. Das Leiden tritt ein in die Zeit und den Raum, und das, sieht Auden auf den Gemälden, gilt auch für das Heilige, nichts ist ausschließlich. Während die Menschen die wunderbare Geburt erwarten, sind da auch Kinder, »die Schlittschuh auf einem Teich am Waldrande laufen«. Und während die Mysterien stattfinden, steht am Bildrand des Folterers Pferd und kratzt »sein Hinterteil unschuldig an einem Baum«. Das Gedicht endet mit einer kühnen Deutung von Bruegels Ikarus-Gemälde, und nicht zufällig geht es um Ikarus, denn die Alten haben Audens Seele vom Entgrenzungswahn der Moderne gerettet, vom Wahrheitswillen und ihren tödlichen Flügen.

Oder William Carlos Williams. Da sind Subjektivität und fragmentarische Rede – aber ohne Bannflüche. Da spricht ein entschiedenes und gleichzeitig ironisches Ich. Williams hat, das war sein Beruf, den Blick des Arztes, dem nichts unter der Sonne fremd ist. Auch er bekennt sich zu Bruegel und erzählt seine Bilder noch einmal. Aber was ist mehr zu bewundern? Die frühen und mittleren, die präzisen Gedichte, die sich auf einen Gegenstand, einen Moment konzentrieren? Auf Sperlinge im Laub, die scharfen Splitt picken; auf den Körper einer Liebenden, die Fasern ihres Seins; oder auf das Meer, das einen Felsen umspült, sich hebt und den Felsen, den »angespannten Geist, diese Glieder umschließt mit einer einzigen Gebärde«. Man wundert sich über die Daten dieser Gedichte, sie stammen aus der ersten Jahrhunderthälfte, als deutsche Dichter schon im Frühwerk die Welt überwinden, hinter sich lassen, Visionen haben und vergessen, was der Fall ist. Oder sind es die späten und langen Gedichte von Williams, in denen die Fülle des Lebens versammelt ist? Der Dichter nimmt sich nicht zurück, er spricht von sich, aber im Bild eines schweren Ganters, der im Schlamm seines Pfuhls watschelt. Er spricht von grünen Asphodelen. Er spricht von Darwins Reise auf der Beagle, die unsere Augen öffnete »für die Gärten der Welt, als sie sich schlossen«. Lange spricht er von der Finsternis. Von der Bombe, in der sich die Finsternis ballt. Von der Bombe, vor der die Menschen den Kniefall üben. Zuletzt spricht er wieder vom Licht und von der Zuversicht, »dass genauso viel und mehr zu sagen ist« für seine Seite.

Prüfet alles, das Gute behaltet! In Deutschland ist die ästhetische Moderne in anderer Weise aufgeladen als im Westen. Aber es gibt Formen der Selbstreinigung. Gottfried Benns Weltanschauung blieb bemerkenswert stabil. Die Demokratie und das Humanitäre sind für das Abendland gefährlicher als die totalitären Systeme, teilt er im Jahr 1948 mit. Aber manchmal ist die Dichtung klüger als das Denken, sie hebt den Blick, vergisst den Hass: »Das sind doch Menschen«, heißt ein Gedicht aus den fünfziger Jahren, und dieser

Titel ist nicht rhetorisch, sein Erstaunen ist echt. In den Jahren vor dem Tod findet Benn eine neue, einfache Sprache. Er sieht von seiner Person (gezeichnetes Ich, Gegenglück etc.) ab. Getränke aller Art durchschäumen seine Lyrik. Und er schreibt ein Gedicht unter dem Titel »Was schlimm ist«, das Höchstes und Niederstes umfasst, denn schlimm ist: »Bei Hitze ein Bier sehn, das man nicht bezahlen kann.« Schlimmer: »Auf Reisen Wellen schlagen hören und sich sagen, daß sie das immer tun.« Am schlimmsten, die kleine Ellipse am Ende, das ist der Tod: »Nicht im Sommer sterben, wenn alles hell ist und die Erde für Spaten leicht.«

Zum Beispiel Hans Magnus Enzensberger. Auch er zog eine erstaunliche, ja exzentrische Bahn. Denn die Gedichtbände der fünfziger Jahre setzen die deutsche Zivilisationskritik und den Weimarer Spätexpressionismus fort. Da geht es gegen den Mammon, den »Striptease des Abendlandes«. Gegen die Päpste und gegen die Makler. Aber auch gegen Fußballstadien (Massen!) und gegen Rilke (bürgerliche Kultur!). Gegen Chanel und gegen Dior (westliche Dekadenz!). Die Bürokratie (Entfremdung!). Dagegen, dass man nett zueinander sein muss (repressive Toleranz!). Gegen Kongresshallen. Gegen den Status quo (Volk ohne Vision!). Gegen Capri! Und zuletzt und am Ende gegen die steuerbegünstigte Sintflut (vgl. Botho Strauß). Aber danach, nach all dem zog Enzensberger die staunenswerteste Bahn der Nachkriegszeit, kein Kritiker konnte ihm folgen, er durchquerte die Zonen des Verbotenen, er sang und verkündete, pries die Natur, pries die Vergangenheit und pries sein Gehirn, er lachte und drehte sich um, stieg auf – davon an anderer Stelle mehr.

Oder Robert Gernhardt. Womit sich der Kreis zu Heine schließt. Denn die berühmten Schlussverse der Heine'schen Gedichte, die das vorher Gesagte und Gesungene brechen, in ein fremdes Licht rücken, in die Schwebe des Lebendigen heben, schreibt am Ende des 20. Jahrhunderts Gernhardt. Er ist komisch, aber was heißt schon komisch? Komisch ist der Mensch, der am Abend der ersten Extraktion im Bett liegt und an seinen verlorenen Zahn denkt: »Er ging voran, der Rest folgt nach: Heut Abend lag ich lange wach.« Komisch sind Mäuse, die Luthers »Ein feste Burg ist unser Gott« nachdichten und im Angesicht der dräuenden Katze, des altbösen Feindes, das Singen beschwören: »Das Singen wird es bringen!« Komisch ist der Mensch, der Gott erklärt, »dass ich was Besondres bin«. Komisch sind Tiere und Menschen, es wimmelt bei Gernhardt von Tieren, und der Mensch ist ein exzentrisches Tier, das keine Ruhe findet, das glauben will, aber über die Heiligen lacht. Es durchwandert alle Sprachen, aber findet keine, ist nicht gut und nicht böse, kein Schächer, kein Erlöser. In Mantua sieht es eine scharfe Frau, bekommt sie aber nicht, wird immer älter, schreibt Sonette, aber nichts ordnet sich ihm. Das exzentrische Tier ist verloren und treibt mit der Verlorenheit Scherz.

Der neue und der alte Mensch bei Wieland, Henscheid, Enzensberger

»Der Mensch besitzt kein vernünftiges Haarkleid und ist der Witterung nicht angepasst.« Solche Sätze gehören zur Anthropologie. Sie fragt nach der Natur des Menschen, nach Konstanten, wiederkehrenden Formationen, danach, wie er ist und war und immer sein wird; sie drückt sich manchmal etwas altertümlich aus. Wenn sie von Natur spricht, ist dieser Begriff nicht besonders streng definiert; Definitionen sind nicht ihre Stärke. Jedenfalls geht es der Anthropologie nicht um eine Reduktion des Menschen aufs Genmaterial, auf Reize, Reflexe, auf Triebe und sublimierte Triebe; interessant, sagt sie, sehr interessant, aber zwei Stunden später hat sie den Kopf schon voll mit anderem.

Denn was gehört nicht alles zur Natur des Menschen. Zum Beispiel, dass er eine Rolle braucht, Formen, ein Gewand. Also studiert die Anthropologie auch seine Erfindungen, aber so, dass sie an den Erfinder gebunden bleiben und ihr Gebrauchswert hervortritt. Gegenstand ist also nicht nur die Praxis, sondern auch die Praxis gewordene Theorie. Damit hat sie so ihre Erfahrungen. Daneben Romane, Sentenzen, die Nachbarn, die News; die Medien der Anthropologie sind zahlreich.

Ihre Haltung ist schwer zu deuten, wohlwollend, skeptisch, wer weiß. Ihr Arsenal ist ungeheuer, vergleichbar einem Teppichlager, weit im Orient: Hallen aus Stein, eine Kellertreppe, dunkle Nebenräume, dann ein breiter Gang – Stapel, Stapel – sie allein hat die Muster vor Augen. Hier ist der Mensch zu sehen, geknüpft und gewebt, wie er als Fuchs beginnt, als Löwe herrscht und als Hund im Altenwohnstift endet. Teppiche und Allegorien. Einer, der gestern verwegen stand, ist jetzt furchtsam; entweder die Gesellschaft oder die Not, der Wein oder ein Trompeten-Ton haben ihm das Herz gedreht.

Die Vorwürfe gegen die Anthropologie sind zahlreich. Sie richte sich auf den menschlichen Geist in seiner Naturbestimmtheit, fixiere ihn darin und sei unfähig, Normen und Ziele zu setzen. Sie nehme dem Menschen somit seine Würde, habe Fortschritte nicht vorgesehen. Daneben sei sie technikfeindlich, apolitisch und verrate die Freiheit des Subjekts. Geschichte sei ihr ein Jahrmarkt, oder ein Platz wie bei Bruegel, auf dem Kinder ihre seltsamen Spiele treiben.

Die Vorwürfe sind berechtigt. Die Anthropologie ist eine begrenzte Wahrheit. Und das ist ganz in ihrem Sinn, denn sie glaubt ja nur an Teilwahrheiten. Alles sieht sie auf Stützen stehen, die wieder neue Stützen benötigen. Von einem Wesen des Menschen redet sie lieber nicht, eher verbreitet sie Vorsicht. Totalität hat sich nicht bewährt.

Auch in der Geschichte war die Wirkung der Anthropologie begrenzt. Sie hat, um eine alte Formulierung aufzugreifen, ihre Zeit. Man erinnert sich ihrer nach dem Scheitern der großen Erzählungen, in der

Stille danach, in den Heimen, wo die abgesetzten Welterneuerer ihre Pension erhalten. Hagebuttentee und Graubrot.

Er zieht ein Bein nach, die Stimme klingt blechern. Der Alte wird er nicht mehr. Wenn er zurücksieht, wird ihm schwindlig. »Das Zugrunderichten des Bestehenden«; er ist umsät von Altpapier. Wenn es das nur wäre. Draußen tragen die Enkel die Altlasten ab; und zurück kann er nicht, Alt-Heidelberg, ein Speichelfaden. Abends vorm Fernseher redet er Sätze aus dem bürgerlichen Gymnasium: Nichts Neues unter der Sonne. Altes Testament, mein Gott, wann war das? Im Altenheim summt die Zentralheizung.

Die Anthropologie ist eine Erinnerung. Das heißt auch: Sie kommt zu spät. Denn sie könnte ein Schutz sein. Aber wer während der je aktuellen Erhitzung mit Vergleichen kommt und im Neuen das Alte sieht, zweifelt oder lacht, wird den je amtierenden Scharfrichtern vorgeführt. Oder er muss zumindest das WG-Zimmer räumen. Was einen, der die Anthropologie kennt, nicht überraschen wird, denn Flucht und Pilgerschaft gehören zum menschlichen Grundbestand.

In Deutschland ist die Anthropologie in den letzten dreißig Jahren vor allem von Odo Marquard vertreten worden. Sein grundlegendes Werk »Schwierigkeiten mit der Geschichtsphilosophie« erschien 1973, zu spät, sein Ruhm ist in den Jahren 1989 folgende laut und tönend geworden, wieder zu spät. Er ist der Beweis seiner eigenen These: Wo die Geschichtsphilosophie das Haupt senkt, tritt die Anthropologie auf den Plan. Vor einigen Jahren ist sie in die Deutsche Akademie für Sprache und Dichtung aufgenommen worden.

Im Folgenden ist von Literatur die Rede. Denn offenbar ist die Literatur geeigneter, den Menschen in seiner Kontingenz zu zeigen, als denkendes Schilfrohr. Sie hat sprachliche Mittel, die der auf Begrifflichkeit, gedankliche Stringenz und Argumentation festgelegten Philosophie nicht ohne weiteres zugänglich sind. Nicht umsonst schreibt die philosophische Anthropologie seit Montaigne Essays, sucht Bilder und ist mit literarischen Zitaten durchsetzt. Im Folgenden geht es um Christoph Martin Wielands Roman »Peregrinus Proteus«, um Eckhard Henscheids Anekdotensammlung »Wie Max Horkheimer einmal sogar Adorno hereinlegte« und um einige Gedichte von Hans Magnus Enzensberger. Diese Autoren scheinen zunächst wenig gemeinsam zu haben, aber sie lassen sich vergleichen.

Es geht um Analogien und Kontinuitäten, um wiederkehrende Formationen. Was kehrt wieder? Die Situation am Ende einer großen Erzählung. Die Situation eines Menschen, der mit einer solchen Erzählung aufgewachsen ist, daran geglaubt hat, um dann ihr Scheitern zu erleben. Wie formuliert man das?

Das Gerede danach

Christoph Martin Wieland therapiert die Aufklärung

Ein Himmel wie von Habermas. Keine Chöre, sondern Diskurse. Diskurse, die zu sich selbst gekommen sind: Mit unendlichem Zeitvorrat, mit jener Handlungsentlastung, welche das Elysium an sich hat, und befreit vom Konsensdruck des Irdischen. Die Menschen: Mund und Ohr. Der sinnliche Rahmen fällt dementsprechend karg aus: Eine Platane, mehr nicht. Hier treffen sich Peregrinus Proteus und Lucian, Gegner in der realen Welt der Spätantike, die sich flüchtig begegnet waren und nun kennen lernen, entspannt. »Mit dem Eintritt in eine Argumentation können die Teilnehmer nicht umhin, wechselseitig die hinreichende Erfüllung von Bedingungen einer idealen Sprechsituation zu unterstellen«, heißt es bei Habermas. »Die Luft, die wir hier athmen, lieber Lucian, macht uns zu Freunden«, sagt Peregrin zu jenem Skeptiker, der ihn auf Erden verlästert hat. Der Diskurs der Seligen ist aufrichtig, verbindlich und wahr, weil es im Himmel unmöglich ist, »dass wir vorsätzlich gegen unser Gefühl und Bewusstseyn reden sollten«.

So erzählt Peregrin seine Lebensgeschichte, während Lucian kommentiert, die Stirn runzelt und gelegentlich nachfragt. Der Plot ist schnell erzählt, denn Peregrin passierte immer das Gleiche. Er war der große Liebende, war ergriffen! Dann ein Mystiker, echt auratisch! Der Ernst Bloch der Spätantike! Und jedes Mal folgte der Absturz, die Enttäuschung. Und dann wieder von vorn: »Welcher weise und gute Mann wird sich gern der beschämenden Reue aussetzen, eine Meinung, die den Menschen veredelt, die ihn über sich selbst erhebt und zu allem, was schön und groß ist, begeistert, als einen thörichten Wahn dem Spotte der Narren und Gecken Preis gegeben zu haben?« Das will keiner.

Aber die Bilanz des Utopikers fällt düster aus; Peregrins Zeit bei den Christen zum Beispiel. Das Programm der frühen Kirche gleicht dem der Aufklärung.

Propagiert wird die »Befreiung der Menschen von allen Arten der Tyrannei, der Vorurtheile und der Leidenschaften, des Aberglaubens und des Despotismus, der Caesaren und der Priester«. Gleichheit, Brüderlichkeit, Freiheit, singt die christliche Avantgarde, in dieser Reihenfolge, und sieht die Menschen schon als »eine einzige Brüdergemeinde«; nach der »größten Revolution in der Welt«. Der Roman ist ein Experiment. Er setzt diese Ziele und probiert sie an der Wirklichkeit aus. Das Ergebnis mutet bekannt an: Da die Volksmehrheit nicht willens war, »den Werth der ihnen zugedachten Güter zu schätzen«, noch zu begreifen, »dass der Weg, worauf sie geführt werden, der richtigste und sicherste ist«, müssen die geschichtsphilosophischen Heilsspender (für eine begrenzte Zeit!) zu Zwangsmitteln greifen, die dem Endziel (dialektisch!) entgegengesetzt sind. Die Partei errichtet Strukturen, in deren »Netzen« die zu Befreienden zu »blinden Werkzeugen« verkommen. In den Volkserziehern erwacht die Herrschsucht, die Machthaber versteinern zu »Masken«, ein Überwachungsapparat entsteht usw. In Frankreich demonstrierten es zur gleichen Zeit die Jakobiner, Wieland schrieb es auf: Politische Utopien werden in der politischen Praxis »vermöge der Natur der Sache« totalitär. Den Umschlag egalitärer Schwärmerei in nackte Gewalt »kann keine menschliche noch göttliche Macht verhindern«. Und dann wieder von vorn, nach den Jakobinern, nach Wieland; noch zweihundert Jahre.

Richtig trostlos wird Peregrins Geschichte erst dadurch, dass auch im Himmel Ratlosigkeit herrscht. Lucian durchschaut zwar alles und hat die Ideologiekritik stets zur Hand, aber er ist darüber reine Negation geworden, zum Zuschaun bestellt. Interessiert, lächelnd, kopfschüttelnd, manchmal gelangweilt hört er sich Peregrins Leben an. Sein Fazit und das des Romans: Dem Schwärmer war auf Erden nicht zu helfen. Zur Macht wird die Natur. Was im politischen Fazit anklingt, gilt erst recht für die einzelnen Leben. Lucian hat einen »kalten Kopf«, Peregrin einen »warmen«, dazwischen steht die Pädagogik, machtlos. Daher schwärmt Peregrin auch im Himmel noch weiter und bereut nichts, daher bleibt Lucian der tatlose Skeptiker, der er sein muss. Die Verblendung macht weiter, die Entlarvung macht weiter. Glaube und Kritik – die beiden Seelen in der Brust des Aufklärers – sitzen nebeneinander, reden miteinander, und wenig kommt dabei heraus.

So spiegelt sich die Spätaufklärung in der Spätantike. Die Zukunftsgeschichte ist ausgeträumt, was bleibt, sind die vielen Leben. Ohne Mythen und Legitimationsgeschichten geht jeder seinen Weg. Und das Muster, auf das man vom Elysium herabsieht, scheint ewig gleich, Schrift der Natur. So wird Geschichte zum Wiederholungszwang, das Gespräch zur Therapie. Ach ja – Ach nein – Na gut.

Diskurse im Dämmerlicht. Ohne sich als Erzähler noch allzu sehr einzumischen, lässt Wieland die Leute reden. Habermas hat uns gelehrt, dass die Aufklärung in der kommunikativen Vernunft zu sich selbst kommt. (Und der seit Plato und Demokrit bestehende Streit zwischen Idealismus und Materialismus wird eingebettet werden in die Dialektik der Verständigung.) Aber ist die Diskussionskultur nicht etwas dekadent? Wo nichts zu tun ist, wird geredet. Schön ist aber, dass bei Wieland so wenig Verbitterung mitspielt. Misanthropie im Alter, lässt er Lucian sagen, rührt aus gekränkter Eigenliebe her, nicht aus Liebe zur Menschheit. Die Geschichte macht weiter. Der alt gewordene Aufklärer sieht zu, wissend, lächelnd und murmelt etwas von der Mutter Natur, »die dafür gesorgt hat, dass wir, um den Glauben an uns selbst (dies so unentbehrliche Triebrad in unserm Wesen) durch keine unsrer Vergebungen oder Thorheiten gänzlich zu verlieren, für jede Anklage in unserm eigenen Busen eine Entschuldigung finden, welche unvermerkt die Gestalt einer Rechtfertigung gewinnt und wenigstens uns selbst beruhigt, wenn sie auch nicht immer vor einem ganz unparteyischen Richter bestehen könnte«. Weise und trostlos. Play it again.

Wielands Spiegel war die Spätantike, andere spiegeln sich in ihm. Beispiel 1: Die siebziger Jahre lesen Wieland. Seine Helden wandern aus. Peregrin, Agathon, Aristipp und Agathodämon ziehen sich in entlegene Provinzen, ins Gebirge oder eben gleich in den Himmel zurück und erzählen dort ihre Geschichten. Das heißt nun – ach ja, die Siebziger – »Trennung von Theorie und Praxis« und ist »Bedingung einer utopischen Gesprächsgemeinschaft«. Die Exegeten dieser Zeit glauben an »Kommunikation, ohne Einwirkung eines unvernünftigen Zwangs«. Ach nein, die Siebziger: Realität – ein unvernünftiger Zwang. Übersehen wird dabei: Wielands Gestalten haben keine Zukunft, nur Vergangenheit. Beispiel 2: Die achtziger Jahre lesen Wieland. Im Geiste der Selbstverwirklichung. Ars vivendi lehrt man jetzt und Psychotherapie: Bei Wieland werde aufgearbeitet, Trauerarbeit betrieben und

Selbstsorge geleistet. Es geht also um psychische Biotope, und dazu passt auch, dass zum Beispiel im Roman »Aristipp« über Politik nur deshalb noch gesprochen wird, um einen geeigneten Wohnort, möglichst weit entfernt von aller Politik zu finden. (Also: Lüchow-Dannenberg! Und dann kommt ausgerechnet da die Atomscheiße hin!) Und wer sieht heute aus Gesprächskreisen getröstete Menschen hervorgehen?

Auch diese Deutung hier ist ein Spiegelbild, einer nach-utopischen Zeit. Wie wird die Gegenwart, zweihundert Jahre später, mit den Trümmern ihrer großen Erzählungen fertig?

Kontemplation im Strandkorb

Eckhard Henscheid verändert Horkheimer und Adorno

Die Anekdotensammlung »Wie Max Horkheimer einmal sogar Adorno hereinlegte« wurde nach ihrem Erscheinen 1983 viermal rezensiert. Zwei dieser Rezensionen sind offensichtlich Henscheids Oberpfälzer Herkunft geschuldet, überregional brachte nur der *Spiegel* einige wohlwollende Bemerkungen. Und bis heute fragen die Menschen, ratlos und suchend: Was soll der Quatsch? Adorno kauft sich einen Porsche Turbo. Horkheimer kauft Binding-Brauerei-Aktien. Einmal findet ein Wettkampf statt: Wer kann das Reflexivum »sich« am weitesten postponieren (nachstellen)? Dann ein Fußballspiel: Frankfurter gegen Wiener Schule. Adorno schwärmt an der Bockenheimer Warte von adorablen Titten. Horkheimer imitiert Tierstimmen. Ist das nicht einfach nur albern? Ja, billig! Oder blasphemisch? Parasitär?

Nimmt man die Sache philosophisch, dann betreibt Henscheid Vernunftkritik. Jene Herren, welche die Vernunftkritik gepachtet, ja monopolisiert hatten, werden mit arteigenen Waffen gekitzelt. Die Frankfurter Schule verdankt ihren Kritikbegriff wesentlich Nietzsches Genealogie der Moral, die nach der Genese, dem Kontext, dem Nutzen von Moralsätzen fragt. Nietzsche und Adorno ging es dabei vor allem um Herrschaftsverhältnisse und Machtfragen, während Henscheid hier einen anderen Weg nimmt. Zwar enthält seine Anekdotensammlung Stellen, wo er die Imagebildung der Frankfurter Schule »demaskiert«, deren Mitglieder sich »wechselseitig ganz schön die Hände wuschen und hochfeaturten«; so jedenfalls hat es Walter Benjamin läuten gehört. Bekanntlich lautet ein Glaubenssatz der Intellektuellen: Interessen haben immer nur die anderen. Aber das ist nur die Oberfläche, unter der Henscheid ansetzt; er betreibt anthropologische Vernunftkritik, erzählt, wie die hochtönenden, dekretierenden, nicht-mehr-ganz-von-dieser-Welt-seienden Sätze der Kritischen Theorie entstanden sind. Nämlich beim Billard. Als Folge gruppendynamischer Prozesse. Beim Skat. Weil es die Sprache so wollte. Aus Eitelkeit. Wegen der Frauen. So werden Sätze, die eine Zeit lang für die Wahrheit gehalten wurden, depotenziert. Auf den Erdboden zurückgeholt, in die Bedingtheit. Sinn wächst aus dem Unsinn und endet als solcher. Auch Adornos Vernunft ist sündig.

Richard Rorty schreibt einmal von der Sehnsucht nach einer Sprache, »die sich nicht weiter auslegen lässt, die keiner Interpretation bedarf, von der man keinen Abstand nehmen kann und die sich von späteren Generationen nicht verhöhnen lässt«. Wenn man von einer solchen Sehnsucht getrieben wird und gleichzeitig Angst vor ihr hat, dann bleibt Ironie.

Wie stellt Henscheid das sprachlich an? Zunächst durch die Form der Anekdote. Sie führt die Gedanken ins Leben zurück. Die Frage ist: »Wie aber war alles gekommen?«, und fast alle der kleinen Geschichten beginnen mit anekdotengerechten Zeit- und Ortsangaben: »Als Anfang der dreißiger Jahre die Gewinne des Instituts für Kritische Theorie sehr erfreulich zu mehren und häufen sich begannen, erlaubte Max Horkheimer zum Lohn einen Betriebsausflug in die Toscana.« Aus Geistern werden Menschen. Und so sprechen sie auch. Ihre Auslassungen beenden sie mit einem evident-sympathischen »und überhaupt!«.

Dann das Mittel der Verfremdung, vom Autor überzeugend gehandhabt. Die obige Anekdote geht weiter: »Alle waren begeistert und alles ging aufs beste, nur daß Adorno und Benjamin, die es inzwischen stark miteinander hatten, im Omnibus dauernd schwätzten und nicht auf die schöne Landschaft aufpaßten, sondern Melancholie hie, objektlose Innerlichkeit dort.« Sprach-Switching: Der Begriff »Schule« wird wörtlich genommen, der Jargon von Ausflügen (»Passt auf die schöne Landschaft auf!«) mit philosophischem Vokabular von Glaubensrang verbändelt. Solches Verschmelzen kontrastierender Sprachfelder ist wahr und tief. An der Dialektik der Aufklärung »tippt« man nicht! Welches Verbum würde weniger zu Jürgen Habermas passen als »unken«? Oder Adorno: auch im

Alter noch »geistig rüstig«. Bong, die Aura! Dann gibt es syntaktische Verfremdungen. Der esoterische Satzbau der Kritischen Theorie wird mit unkritischen Inhalten gefüllt: »In ganz Deutschland als ungewöhnlich hat immer wieder die evident hohe Spielkultur der Frankfurter Eintracht sich gezeigt«, erklärt Adorno. Erstarrte Rezeptionserwartungen radikal gebrochen! Schließlich dient als Mittel der Verfremdung das Versetzen von bekannten Zitaten in eine veränderte Umgebung. Als Adorno zum wiederholten Mal von Horkheimer wegen des Anstarrens attraktiver Passantinnen ermahnt, ja verwarnt werden muss und dieser Tadel mit dem Hinweis auf die Existenz von Frau Gretel bekräftigt wird, entgegnet er: »Nur wenn das, was ist, sich ändern lässt, ist das, was ist, nicht alles. Hehe!«

Solche Mischungen sind komisch, aber Henscheids Komik ist kein Verlachen. Er versteht die Trauer seiner Figuren, aber nicht den Hass. Also ändert er Horkheimer und Adorno nachträglich und gibt ihnen, was sie nicht hatten: Demut. Einige fein verstreute Sätze weisen den Weg, alle haben mit dem Tod zu tun, dem evidentesten anthropologischen Faktum: »Der späte Max Horkheimer hatte es bekanntlich stark mit dem Geldautomatenspielen, heimlich indessen auch im tessinischen Montagnola mit einer ›theologia occulta‹.« Kontingenz und Andacht – späte Weisheit. Kurz vorm Tod, so heißt es in einer anderen Anekdote, gibt Adorno das Verfassen von Standpunktliteratur und die Bitterkeit auf. »Er spielt auf dem Klavier dagegen nur noch Schumann.« Und Horkheimer schließlich lächelt auf dem Sterbebett, die Bedeutung seiner Worte hat er schon lange vergessen.

So nimmt Henscheid seinen Gestalten, mal herb, mal sanft, das Hochfahrende. Die Unfähigkeit zu lachen. Superbia, die Hochmut, ist die Ursünde. Und überhaupt lässt sich das Ganze als Streit unter Theologen lesen. Wahrheit, so lehrt Henscheid, findet man nicht in Dekreten. Daher zerschlägt er auch mit Vorliebe die Goldenen Worte der Frankfurter: »Das Ganze ist das Unwahre.« Dem wird die schöne Tautologie »was wahr ist, muss auch wahr bleiben« entgegengehalten, und Pollock schlägt dazu auf den Tisch. Die Adorno-Veränderung Henscheids endet in einer Anekdote, die inmitten aller Banalität auch ein Bekenntnis enthält. Nachdem sie in Frankfurt schon keine Stätte mehr hat, trifft sich die Schule ein letztes Mal auf der Nordseeinsel Föhr. Doch auch hier finden sie keine Herberge, denn das Hotel ist schon vollbesetzt »mit Surfern, CB-Funkern und Menschen in gelben Regenmänteln, und der Wirt, eine selten taube Nuß, sagte, dass kein Platz mehr für sie sei«. Die Schule ist, sagt der meisterhaft lapidare Halbsatz, heimatlos. (Zu Henscheids Satzenden, ihren kleinen Wendungen und ihren Bedeutungen, ließe sich noch mehr sagen.) Und der Zustand der Verlorenheit ist in eine ebenso bildmächtige wie absurde Szenerie gefasst: »Unverdrossen orderte nun Max Horkheimer für jeden seiner ehemaligen Kombattanten wenigstens einen Strandkorb, sie stellten sie nebeneinander im Sande auf, Dämmerung brach herein, und die Herren nahmen, mit Blick auf die unruhig wabernde See, Platz. ›Wie in alten Zeiten!‹ rief, nach einer Weile fast dröhnenden Schweigens, Herbert Marcuse. Der Wellenschlag der Nordsee hallte nach. ›Wieso?‹ kam es nach einigen Minuten hell aus dem Strandkorb Adornos. Wieder Stille. ›Ach was!‹ Das war die Fromm'sche Stimme. Eine lange Pause trat ein. ›Na immerhin!‹ So brüchig, dennoch ungebrochen Pollock wenig später. ›Und überhaupt, wenn wir die Radikalität von Erkenntnis kritisch –‹ Der Rest von Habermasens Meinung ging im Meerschwall wohl für immer unter. Hätten die Freunde einander sehen können, schwerlich wäre ihnen entgangen, wie eine dicke kristallene Zähre da über die alte Wange von Max Horkheimer sich stahl und lautlos dann versikkerte. Dann brach eh die Nacht herein.« Wie soll man da noch enden?

- Mit dem Verweis auf die beigegebenen Zeichnungen von Bernstein. Hier wiederum ist besonders Adornos Gestaltung zu loben, denn mit seinen ringförmigen Augen und der eigenwilligen Kopfform sieht er uns an wie ein Außerirdischer.
- Mit der Erklärung, warum Habermas immer am schlechtesten dasteht. Ein jegliches hat seine Zeit. Der Diskurs hat seine Zeit, Schweigen hat seine Zeit.
- Mit Lob und Preis: Henscheid schreibt Geschichten von der Vergeblichkeit. Die Natur, die es gegeben hat, nimmt das Gerede zurück. Die kleine Silbe »eh« macht das romantische Hereinbrechen der Nacht wieder wahr. Ironisches Weitersprechen. Henscheid hat Metaphysik und Humor, Mitleid mit der Kreatur; darauf hat Michael Maar hingewiesen, der nahezu alles Gescheite zu Henscheid gesagt hat. Wir sprechen ins Dunkle und verstummen davor. Wieso – Ach was – Na immerhin. Das geht im Meerschwall wohl für immer unter.

Die Abschaffung der Abschaffungen

Hans Magnus Enzensberger psalmodiert

Die fünfziger Jahre kann man auslassen. Da war die Restauration. Und in der Tat: Nimmt man die Essays des jungen Enzensberger, so findet man Murren angesichts der Verwestlichung und des Pragmatismus, Hader ob der bloß formalen Demokratie, Hoffnung – auf die Intellektuellen, die allein noch Deutschland respektive den Geist retten, die Massen aus der Verblendung führen können; das wollten wir auslassen. So wie Enzensberger hier spricht, hatten die deutschen Intellektuellen um die Jahrhundertwende und in den zwanziger Jahren auch gesprochen, und deshalb darf man den Begriff der Wiederherstellung, Restauration, wohl benutzen. Noch eine Bemerkung zur Sprache: In seinem berühmten *Spiegel*-Essay von 1957 mokiert sich der zornige junge Mann über die »seltsamen Verrenkungen« Elvis Presleys, dem das Blatt eine Titelgeschichte gewidmet hatte. Das Resümee der Attacke auf den *Spiegel*, deutsches Pendant der Zeitschrift *Time*, lautet: »l. Die Sprache des *Spiegel* verdunkelt, wovon sie spricht. 2. ›Das deutsche Nachrichtenmagazin‹ ist kein Nachrichtenmagazin. 3. Der *Spiegel* übt nicht Kritik, sondern deren Surrogat. 4. Der Leser des *Spiegel* wird nicht orientiert, sondern desorientiert.« Kein besonders sympathischer Stil.

Die sechziger Jahre kann man überspringen und direkt ins Jahr 1971 gehen, wo Enzensberger eine erste lyrische Werkschau »Gedichte 1955–1970« vorlegt. Hier ist nun der Ort, Clemens Brentano zu loben. Denn bevor Enzensberger zum Kritiker der Republik wurde und Menschen plötzlich »die Massen« nannte, die Polizei, das Kapital und den Leviathan faschistisch fand, Alliterationen wie Konsumzwang und Konterrevolution bildete – vorher also hatte er in der Stille, im mittäglichen Rauschen der Studierstube die Verse jener schwingenden Zunge nachgesprochen und eine Doktorarbeit verfertigt, die man mit einem alten Wort einfühlsam nennen darf. Brentanos Musik, Brentanos reißende Zeit, Brentanos Kahn auf dem Rhein hat er nicht wieder vergessen.

So hatte er nun zwei, mindestens zwei Musen. Die eine trug strähniges Haar, einen Wollpullover, blutorange, und ein Megaphon. Die andere sagte Sätze wie: »Das Mögliche hat einen leichten Schlaf neben mir.« Im letzten Drittel des oben genannten Bandes häufen sich die Widersprüche. Gegen den Kommunikationsfuror und die Vergesellschaftung des Gefühls ziehen sich die Personen der Gedichte zurück ins Einsame, in ein vorläufiges Zimmer »aus Fichtenholz, vier mal fünf mal zweieinhalb Meter«. Darin findet sich, wie in einer Schachtel, ein vorläufiges Gehirn, enthaltend einen »Bratapfel, die Dunkelheit, den Gevatter Rabmüller und vieles, was ich vergessen will«. Die letzte Schachtel bleibt ungeöffnet. Oder einer fährt übers Meer und sieht ein Leuchtfeuer, »fünfzig Meter hoch über dem Meer das Insektenauge, so groß wie ein Mensch«. Im Kopf verhallen die Reste der Wahrheit, Posaunen, Tribünen. Einsamkeit reinigt: »Keine Lösungen, keine Erlösung. Das Feuer dort leuchtet, ist nichts als ein Feuer, bedeutet: dort ist ein Feuer, dort ist der Ort wo das Feuer ist.« So entstehen kreisende Gesänge, voller Vergangenheit, es kommt nicht auf uns an. Und uralter Streit bricht auf. Eine Frau, die mit dem Wollpullover, sagt: »Das Proletariat und die Revolution«, und Fremdwörter werden geworfen wie Steine. Und sie hat Recht. Und die andere sagt: »Ich liebe nur dich und nicht alle. Und der fressende Schmerz in deiner Leber kommt nicht vor in den Losungen. Wir sterben nicht gleichzeitig.« Wie bei allen großen Dualismen heißt es: Unentschieden. »Und sie halfen sich. Und sie hatten recht. Und sie konnten einander nicht helfen.« Etwas hilflos wirkt zuletzt auch der Autor. Er redet Sachen wie: »Auch du bist ein Subsystem eines genügend reichhaltigen Sumpfes.« Um sich sodann mit einem energischen Postulat demselben zu entziehen: »Widerspruchsfreiheit ist eine Mangelerscheinung.« Gezeichnet H.M.E.

»Die Furie des Verschwindens«, so heißt der Band danach. Es sind Gedichte nach 68 – nach dem Aufgang des Lichts / der Revolte / der Modernisierung von gesellschaftlichen Teilbereichen / der Schaffung tausender Planstellen / dem Karneval – wie auch immer, es war nicht das, was die Reden, Prophetien, Bittgesänge verheißen hatten, und so wirft der erste Teil von Enzensbergers neuen Gedichten Schlaglichter auf die entspiritualisierte BRD der siebziger Jahre. Es erscheint zum Beispiel eine Dreiunddreißigjährige, über und über mit Etiketten beklebt: Handke, Trotzki, Kambodscha, VW-Käfer, Batik-Fetzen. Das Ende des Traums ist nackt und barock. Es bleiben – die Blattläuse. Es schwindet – die Schönheit. Vergeblich alle Gurkenmilch! Das Leben – ein Kampf. Das Geld – von der Großmutter. Dies und andere Gedichte, die da heißen »Der Angestellte« oder »Die Scheidung«, bieten vor allem Material für Sozialgeschichtler und sind auch schön verständlich geschrieben.

Die Mitte des Bandes bildet ein großes Kunstwerk »Die Frösche von Bikini«. Die Lyrik der siebziger Jahre lässt sich insgesamt trefflich mit dem Titel eines Buches von Robert Gernhardt charakterisieren: »Ich, Ich, Ich«. Ein Wundenlecken. Nun wendet sich zwar auch Enzensberger dem Selbst zu, aber er wahrt bereits in der Sprache Distanz. Er spricht von sich in der dritten Person und im Konjunktiv, er zitiert sich. Wechselt hin und wieder zur direkten Rede. Spricht mit durchbrochener Stimme, vorsichtig, tastend, lässt andere zu Wort kommen, um aufzutrumpfen und wieder zu warten. »Seine Stimme lasse er nur deshalb erschallen, weil sonst keine Stimme zu hören sei, keine Angst, keine Tränen, er sei ja da, er bleibe.« Thematisch entspricht dem die Fülle des Lebens. Denn anders als bei jenen Puristen, welche die Bezirke der Kunst immer enger einfrieden wollten, kommt bei Enzensberger alles vor. Natürlich die Tragödien, Komödien des Selbst. Aber auch die Geschichte. Sie versetzt er mit jenen Fröschen, die durch den gesamten Monolog quaken. Zunächst sind es die Frösche von Bikini, dem Atoll, das nach amerikanischen Atombombenversuchen evakuiert wurde und nun als Beweis für die Hartnäckigkeit nackten Lebens erscheint: »Alles sei wieder da. Laubfrösche, taufrisch, unaufhaltsam. Ein Klettern sei das, eine Akrobatik, sogar das Wetter mache Fortschritte.« Provozierend ist das schon, ausgerechnet ein Symbol des US-Imperialismus, wie die alten Freunde sagen würden. Aber ein nicht kleiner, mit der Brentano-Seele verbundener Teil Enzensbergers hat das Gefühl, Leute ärgern zu müssen, vornehmlich solche mit festen Glaubenssätzen, die ja auch mal die eigenen waren. Als da sind:

- Die Geschichtsphilosophie. Durch die Mensch-Frosch-Analogie gerät Geschichte in die Nähe der Evolution. »Der wunderbare Gesang der Mutanten« sagt uns: Nichts bleibt, wie es ist. Und keiner weiß, was werden soll. Das lyrische Er wohnt in der Droysenstraße und scheint damit für die historische Vernunft zu votieren. Das wiederum könnte Freiheitsspielräume öffnen, die im Spektakel des Froschgesangs, im Evolutionismus verloren schienen. Das Gedicht legt sich nicht fest, es räumt mit Dada-Geste erst mal ab: »Ach was wären wir ohne die erste Evolution, und die zweite, was wäre sie ohne uns! Ohne quak wäre quak nicht quak.« Das Fazit ließe sich mit Jacob Burckhardt ziehen: »vor allem keine Geschichtsphilosophie«.
- Der negative Kanon, die Verbotsliste: »Laßt mir Herrn Dr. Benn in Ruhe.«
- Engagierte Kunst. Vielleicht ist Kunst vor allem / doch / auch ein Trost. Das Überfahren von Fröschen, »ein schwaches Geräusch unter den Rädern, schlürfend, feucht, übertönt im Fond von der Kadenz, Mozart, Klavierkonzert, zweiter Satz«. Der Fahrer heißt Schopenhauer.
- Der Gegenwartsfuror. Stattdessen jetzt: »Alte Häuser, alte Freiheiten, aussterbende Tiere.« Alt und Neu sind ineinander verschlungen: »Maiandachten und Prozessionen«, aus einer gewissen Distanz sind sie sich ähnlich.
- Die Abschaffung der Natur, damit schließt sich der

Kreis. Die Natur mit ihren Wiederholungen, Wolken, wattig und fern, kehrt zurück. Den alten Freunden, den Planern und Beherrschern war sie verdächtig. Auf Enzensberger wirkt sie beruhigend: »Sicherheit, sie macht Angst.«

Die »Frösche von Bikini« sind ein Gemurmel, ein Gesang, eine Litanei vom Ende der Ideologie, der systematischen Blickverengung. Vom Durcheinander nach der »Abschaffung unserer Abschaffungen«. Die Dialektik geht, der Prediger Salomo kommt. Und mit ihm die parataktische, reihende Sprache, die das scheinbar Geschiedene wie Perlen zu einer Kette aufreiht, eine von Enzensbergers lyrischen Lieblingstechniken. Das Gedicht sagt, was der Fall ist. Seine Moral ist, nicht zu ermüden. Und so stehen am Ende die einfachen, ältesten Lebenszeichen: Das Herz, »dieser Blasebalg«, und der Atem, »wie er dort hinten rassle, im toten Winkel, innen rassle, regelmäßig rassle«. Und noch einmal spricht die Brentano-Muse, für das Offene: »Ich will nicht, daß ihr ihn tauft, bezeichnet, diskutiert, diesen Balg. Horcht lieber, mir zuliebe, ich bitte euch, oder lacht.« Das kann man auch Verlorenheit nennen, und dagegen wüsste das Gedicht nichts zu sagen. Es spricht die Angst beiseite.

Im Anschluss an dieses lange Gedicht folgt ein dritter Teil, der mit dem titelgebenden Furienpoem endet. Hier werden die neu geschaffenen oder zurückgewonnenen Spielräume gefüllt, auf Probe. Mit einigen Tänzen, in denen Paradoxien sich drehen und Ambivalenzen kreisen. Mit einer Meditation vor einer Spinne im Bernstein, betreffend Natur und Geschichte: »Eine Zukunft, mit der die Spinne im Bernstein nicht gerechnet hat. Nicht ganz das, was sie wollte.« Mit Träumen, die durch Zeiträume und Flure und Spiegelsäle eilen. Sodass dem Geist zuletzt schwindelt. Nötig und unnötig, produktiv oder unproduktiv, gleichzeitig – ungleichzeitig: wer das unterscheiden könnte. Aber geschwunden ist auch die Angst, »etwas Falsches zu sagen, oder immer dasselbe, oder das zu sagen, was alle sagen oder den falschen Leuten gefiele«. Ausgetrieben werden Ersatz-Götter, die im Zeitalter des Weltbürgerkrieges den Geist besetzt hielten. Die Säkularisierung geht weiter. Das Ende ist Leere, eine dunkle Macht, Entropie, Vergänglichkeit, eine Furie saugt die Geschichte auf. Gnostisch fast, aber kein Funken Licht.

In den folgenden Gedichtbänden »Zukunftsmusik«, 1991, und »Kiosk«, 1995, setzt sich dieses Programm fort. Man sieht, wie die Faszination für nicht steuerbare Prozesse wächst. Das ist einem Interesse für eine bestimmte Art von Naturbetrachtung ebenso geschuldet wie philosophischer Skepsis. Eigenwilliger Trost rührt daraus: Die Natur verhindert das Schlimmste, Tabula-rasa-Pläne sind gegen sie nicht durchzusetzen. Gleichzeitig wächst in diesen neuen Gedichten die Aufmerksamkeit für Einzelheiten, etwa für einen Menschen namens Rudi Schimmel, der »von innen gesehen« unersetzlich ist, »in den Augen der ›Evolution‹, der ›Geschichte‹ und anderer Götter« dagegen »unvorstellbar entbehrlich«. Das Gedicht, gerichtet an Geschichtsphilosophen, Systemdenker und andere, heißt »Eine sanfte Ermahnung«: Hüten wir uns, »Jenes, Dies und Das zu verwechseln«. Überhaupt, Verschonung, die große Weltverschonung wird zum Programm. Zuletzt öffnet sich eine neue Tür. Das Ende des Bandes »Kiosk« bilden einige religiöse Gedichte, die in den Rezensionen eher umgangen wurden. Von der Anthropologie führt ein Weg zur Religion, aber ob Enzensberger ihn einschlägt, ob das Interesse für Seelen und andere Gegenstände, leichter als Luft, noch einmal, wie so oft in diesem Werk, zu neuen und anderen Gedichten führt, wird sich zeigen.

Sprache der Kontingenz
Mutmaßungen

Gibt es eine Form, in der sich anthropologisches Denken ausdrückt? Wie spricht der neue Mensch, der den alten wieder entdeckt? In welcher Weise schlägt sich Kontingenz nieder? Natürlich: je nach Zeit, Gattung, Temperament des Autors. Aber vielleicht lohnt es sich, einige Mutmaßungen anzustellen.

Es existiert kein Grund mehr, die Sprache zu zerhacken, zu verfremden, anzuzünden und so zu reden wie noch nie ein Mensch, ungehört. »Laßt uns die Schlagwetter-Atmosphäre verbreiten«: Das haben wir gehabt. Das Gespreize der Einmaligkeit. Aber ebenso führt kein Weg zurück, zu einer Sprache davor, das Neue steckt in den Knochen. Also interessiert sich die Anthropologie für die Schnittmengen, und der Reiz der Sprache liegt im Mischungsverhältnis.

Das Wortmaterial besteht aus alten Beständen und schriller Neuheit, Fülle des Lebens. Alltagssprache, Wissenschaft und Songs und Farnblätter im Stein. Ebenso ändern sich Gestik und Temperament des Sprechenden. Postulate und Pamphlete und Gruppenbildungs-Manifeste gehören einem gläubigen Zeitalter an. Das Durcheinander danach klingt anders. Wo der Glaube an eine Ordnung, eine Sprache fällt, ändert sich auch die Konstruktion des Werkes. Wo die Einzelteile nicht mehr nur als Mittel ihren Wert haben, lockert sich der Bau. Daher die Neigung zur Parataxe, zur Reihung. Ebenso zu zyklisch-kreisenden Formen. Wer Stützen sieht, die auf neuen Stützen stehen, wer sich auf einer weiten Mitte bewegt, ausgespannt zwischen Extremen, die nicht erkennbar sind, muss dafür eine Sprache finden.

Der neue Mensch hat proklamiert. Die drei Autoren oben zeigen dagegen eine Neigung zu Gesprächsformen, und sei es zum Selbstgespräch. Viele Stimmen; Selbstwidersprüche; Unsicherheit, woraus ein Ich besteht. Auf dem Feld der Sprachfiguren sucht man am Ende eines Zeitalters der Extreme nach Mitteln der Depotenzierung. »Das Große bleibt groß nicht.« Nach Formen der Entblößung. »Und klein nicht das Kleine.« Man kontrastiert, man reiht. »Die Nacht hat zwölf Stunden.« Differenzen werden eingeebnet, durch ein leise hingesummtes Lied. »Dann kommt schon der Tag.« Uneindeutige Sprachfiguren werden neu entdeckt, Paradoxien, Ambivalenzen, die das dichotomische Denken des neuen Menschen unterspülen. Die Sprache weiß nun nicht, wohin sie soll. Sprache der Kontingenz.

Woher hat Adorno den Zaubertrank?
Postmoderne Häppchen

Wir haben ein Urteil gehört: *Beliebigkeit!* Es hieß auch: *Postmoderne Beliebigkeit!* Ein alter Streit bricht auf. In seinen Vorlesungen über die Ästhetik kritisiert Hegel die Romantik, die ironische, die fragmentarische Romantik, die eine Kunst ohne »Ernst« nach sich ziehe. Die »Macht des Beliebens« walte in der romantischen Literatur, ihr Protagonist sei ein Mensch, »der von allem sich los und ledig weiß, sich nicht bindet« und die »Nichtigkeit des Objektiven« heiter verkündet. Wir haben gesehen, wie Reiche verschwunden sind, mit einem Schlag. Wir haben gesehen, wie die Revolutionäre, nachdem sie die Mauern überwunden hatten, einkaufen gingen.

*

Der satirische Mensch hat eine Norm, will bestätigt werden. So der Besucher des alten politischen Kabaretts. Wie erwartungsvoll er dasitzt – um sich zu erheben, sich an einer Welt zu weiden, zu der er nicht gehört. *Wahnsinn!* Die Ironie aber verlacht diesen selbstbewussten Lacher, der immer schon weiß, wer der Kleinbürger ist, der Zöllner, der Betrogene, und warum es so gekommen ist, *dass man jetzt hier sitzt, mit diesem Bewusstsein, das man sich auch nicht ausgesucht hat, aber trägt und aushält, ja austrägt.* (So haben die wirklich geredet.)

*

Was verbindet die romantische Ironie und die postmoderne Beliebigkeit? Polemik gegen die Konsequenz. (*Das kommt von Enzensberger!* Aber nein, es ist bei Friedrich Schlegel abgeschrieben.) Die Ironie löst alles los, sie kann komisch sein, weil sie Menschen und Zustände, die sich für groß, herrlich und vortrefflich halten, belächelt, in ihrer Bedingtheit zeigt. Am besten ist natürlich die Selbstironie. So sind am Naumburger Dom unter den Wasserspeiern auch Mönche und Nonnen zu sehen.

*

Noch eine Frage: Worin besteht der Unterschied zwischen Freiheit und Beliebigkeit? Ich weiß es nicht. Auch die Freiheit ist substanzlos. Aber die Freiheit, wird man sagen, verteidigt sich selbst. Das Gleiche gilt für die Beliebigkeit, sie ist hartnäckig, sie hat Gründe. Die Beliebigkeit ist also nicht beliebig. (Vielleicht ist das ein Satz, mit dem ich die alten Dialektiker erfreuen kann.)

*

Wie wird man Ironiker? Bindungen müssen zerbrechen, die einmal verpflichtend waren. Die Ästhetik sollte sich lange an der Gesellschaft orientieren. Aber die Gesellschaft existiert als Singular nicht mehr, als Ganzes kommt sie nirgends vor. Auch die Natur war ein Kandidat. Was heißt Natur? Das hängt doch sehr von der Methode ab. Die Grenzen zur Gesellschaft sind verwischt. In den Alpen gibt es jetzt wieder Bären, und ein Bärenanwalt kümmert sich um sie. Das Wort *Bärenanwalt* steht auf seinem Auto. Er vermittelt zwischen Mensch und Bär: wenn der Bär eine Gartenhütte zerlegt hat, weil er tief innen Honig zu riechen meinte; aber es war bloß Rapsöl.

★

Vielleicht wollen die Kritiker der Beliebigkeit aber gar keine Gehalte retten, sondern Formen, Stile, eine bestimmte Gestik. Die Parole der Spätmoderne wäre dann: Haltung bewahren! Also: Widerstand! Grenzüberschreitung! Radikalität! Aber wogegen, wohin, wofür? So bleibt ein Fuchteln.

★

Möglicherweise sind diese Unterstellungen aber auch falsch oder doch unvollständig. Du hast uns nicht verstanden, werden die Verteidiger des Ernstfalls sagen und andere Forderungen stellen, was die Kunst soll und muss. Und das babylonische Gewirr ihrer Postulate wird ein Spiegel der Beliebigkeit sein.

★

Gut, wir sind Wohlstandskinder, dafür kann man nichts, vor allem brauchen wir keine spirituelle Politik. Dieses Gebräu aus Politik und Religion, vom 20. Jahrhundert angemischt, war explosiv. Wenn Richard Rorty Liberale als Menschen bezeichnet, die meinen, dass Gewalt das Schlimmste ist, was wir uns antun, reicht das vollkommen. Dieser seltsame Geschichtsglaube in der deutschen Ästhetik, diese Träume von Kollektiven, in denen man nicht mit Geld bezahlt, die Frauen ungeschminkt sind und runde Tische herumstehen; zuletzt kommt irgendein Geist herab.

*

Vielleicht ist das, was Postmoderne genannt wird, nur eine späte Einsicht in die Bedingungen der Moderne, ihre nicht reduzierbare Vielfalt. *People don't live or die, people just float.* Die Ästhetik überlegt sich, wie Kunstwerke mit einem ironischen Wahrheitsbegriff aussehen. Nicht zufällig wären dann die letzten wilden Zuckungen des deutschen Drachens, seine Todesschmerzen, jene Dünste, die aus den Blutlachen steigen, schemenhafte Bilder, aufgezeichnet von Heiner Müller und Botho Strauß.

*

Wer nicht an eine deutsche Ästhetik glaubt, für den ist dieser Satz aus einem Essay des amerikanischen Lyrikers Charles Simic: »Der amerikanische Dichter ist ein moderner Staatsbürger in einer Demokratie, der jede eindeutige historische oder religiöse Grundlage fehlt.« Wer ein entsprechendes Bekenntnis in einer Sitzung der Gruppe 47 abgegeben hätte, wo ja vom deutschen Dichter oft die Rede war, wäre in die Ecke geschickt worden.

*

Viele Intellektuelle haben gemeint, außerhalb der Gesellschaft zu leben, von dort zu urteilen: Verblendungszusammenhang, Entfremdung usw. Wie entzieht man sich diesen Phänomenen, wie kommt man nach außen, verlässt die Unwahrheit? Es handelt sich um die Asterix-Konstellation: »Wir befinden uns im Jahre 50 v. Chr. Ganz Gallien ist von den Römern besetzt ... Ganz Gallien? Nein! Ein von unbeugsamen Galliern bevölkertes Dorf hört nicht auf, dem Eindringling Widerstand zu leisten. Und das Leben ist nicht leicht für die römischen Legionäre, die als Besatzung in den befestigten Lagern Babaorum, Aquarium, Laudanum und Kleinbonum liegen.« Die Analogien zu einem totalisierenden Denken sind deutlich: Scharfe Grenzziehungen, klare Freund-Feind-Verhältnisse, quantitativ extreme Verteilungen: ganz Gallien hier, ein kleines Dorf dort. Die Geschichten von Asterix aber beruhen auf einer Voraussetzung, und nur damit wird Rom besiegt. Ästhetische Theoretiker müssen deshalb die Frage stellen: Woher hat Adorno den Zaubertrank?

*

1. Man glaubt an die Entfremdung und an sich selbst.
2. Man schreibt einen Roman. Dann muss der Held ein unbefleckter Dichter sein; infrage kommen auch andere Outcasts, die noch nicht gänzlich von der Warenwelt besudelt sind (Irre, Frauen, Studienräte). Diese Leute sind von Managern, Faschisten (bzw. faschistoiden Managern), Beamten (außer Studienräten), heuchelnden Katholiken umgeben und leiden, wie die Apostel gelitten haben. Die Figuren geben eine große

Menge Weltanschauungsprosa ab. 3. Wer das liest, ist selbst ein bisschen auserwählt und inhaliert irgendein Pneuma; von Böll bis Bernhard eben.

*

Später wurde dann gar nicht mehr erzählt. Die Syntax zerbrochen, die Handlungsabläufe auch, ein gebrochener Sinn. Müde Manichäer, die gegen irgendetwas kämpften, immer kleiner die Leserschar; und dazu die Deuter, sie geben sich Mühe: Kolloquien und Sammelbände. Die Metadiskurse der Bartträger, zum Gähnen! Ach, die Spätmoderne: Hier gegenüber am Ilseplatz gibt es eine Gaststätte, *Gaußmann.* Der Koch und Besitzer heißt Baptist, malt sehr spät-expressionistisch, auf einem seiner Bilder steht: *Ich leide Malerei.* Seine Gerichte aber sind reichhaltig und zu empfehlen.

*

Was trinkt der Ironiker? Richtig, Kirsch-Bananen-Saft, weil er sich wieder nicht entscheiden kann. Geplusterte Wahrheitsvögel, die aufgeregt hin und her tippeln, hier scheuchen und da scheuchen – an ihrem Anblick freut er sich. Ist die Ironie also flach? Nein, ihr Menschen, denn tief ist der See, zugefroren und mit Schnee bedeckt, über den wir reiten. Da wird mit scherzender Miene ernst geredet, weil es nicht anders geht.

*

Steven Spielberg wird dann Poetik-Dozent in Tübingen sein. Er erklärt ihnen Gefühlserzeugung und sie erklären ihm Schelling. Abends sitzen alle im Gasthof und machen Kalauer: Die Sprache ist das Haus des Seins, die Flasche ist das Haus des Weins.

*

Liebe Freunde, breit ist der Weg des Klagens und Trauerns, schmal aber ist der Weg des Lachens und ihn gehen die Auserwählten! Kleiner Scherz. In Wirklichkeit sind beide Wege gleich breit. Demokrit steht für den lachenden Philosophen, Heraklit ist der weinende. Man findet sie auf Bildern seit der Renaissance, als Emblem, wo Heraklit »mit viel Fleiß« des menschlichen Lebens Unglück beklagt, während Demokrit sein »glechter hell« anstimmt. Der Emblematiker hat beide abgebildet, steht vor seinem Bild und fragt sich, ob er die Welt mit dem einen verlachen, mit dem anderen beweinen soll.

*

Die meisten intellektuellen Prophezeiungen des 20. Jahrhunderts waren falsch. Wahrsager und Zaubermeister: Man kann sich eine Galerie ihrer Porträts in einem hohen Saal vorstellen, einer kahlen Halle, Wände aus Stein. Die Porträts der deutschen Intellektuellen müssen alle expressionistisch sein, sodass die Besessenheit grell und geometrisch durchschlägt. Aus dem Wissen um die Vorfahren ergeben sich Folgen für die nachmoderne Kunst: Was als Spiel erscheint, ist Angst – vor falscher Eindeutigkeit, vor einer Wahrheit, die in alle Ritzen dringen will. Daher auch die Flüchtigkeit des Stils, ein Durch-alles-durch-Gehen-und-nichts-Sein.

*

Was war die Avantgarde? Ein Club zur Erfindung des Neuen, ein exklusiver Club. Man ist nicht zahlreich, man wird nicht verstanden, man stößt auf Ablehnung. Die Avantgarde hat die Ablehnung zum Wahrheitsbeweis erklärt. Was hat die Avantgarde noch geleistet? Sie hat die Regelverletzung zur Regel erhoben.

*

Man kann an die Avantgarde glauben oder nicht. Aber man kann sich nicht mit ihr streiten, denn sie hat immer Recht. Diese Stärke teilt sie mit der mittelalterlichen Inquisition: Wer widerspricht, beweist schon mit dem Widerspruch an sich seine Verfallenheit an ein falsches Prinzip, an die Fänge des Antichrist oder an das Alte.

*

Wer das hinter sich hat, muss noch lange nicht moderat werden. Gerade das ironische Denken kann sich in Gebiete wagen, die lange gesperrt waren. *Das geht nicht mehr* – stand auf Schildern. Jene Puritaner, die ihr inneres Tagebuch ständig nach vormodernen Gefühlsregungen überwachen, werden sich wieder wundern, Überraschungen stehen bevor. (War das jetzt prophetisch und damit ein performativer Selbstwiderspruch? Darüber sollten wir reden.)

*

Manche haben gemeint, das Gerede vom Ende der ästhetischen Moderne sei 1. eine Ideologie und 2. eine Mode. Mag sein. Man muss den Begriff der Ideologie nur so weit ausdehnen, dass man ohne Ideologie nicht mehr das Bett verlassen kann. Dann haben wir jene Ideologie gewählt, die am meisten Freiheit lässt. »Mode« ist gut, denn wer so spricht, blickt aus wolkiger Perspektive hinab. Sub specie aeternitatis wird alles zur Mode, zu einem Entwurf, der uns eine Zeit lang fesselt – und irgendwann fremd vorkommt. Schon über Moden, die 30 Jahre alt sind, lacht man ja beim Durchblättern von Büchern. Man denke an die Haartracht der Fußballweltmeistermannschaft von 1974. Oder an das existentialistische Outfit von Ingeborg Bachmann. »Tausend Jahre sind vor dir wie ein Tag«, sang der Psalmist, der auch ein Ironiker war. Außerdem: Wo etwas Neues abschätzig zur Mode erklärt wird, redet das Alte, das selbst mal Mode war und jetzt gern bleiben möchte. Aber das geht nicht.

*

Die Beliebigkeit ist langmütig und freundlich, die Beliebigkeit eifert nicht, sie treibt nicht Mutwillen, sie bläht sich nicht auf. Die Beliebigkeit verhält sich nicht ungehörig, sie sucht nicht das Ihre, sie lässt sich nicht erbittern, sie rechnet das Böse nicht zu. Die Beliebigkeit freut sich nicht über die Ungerechtigkeit, sie freut sich aber an der Wahrheit. Sie erträgt alles, sie glaubt alles, sie hofft alles, sie duldet alles.

*

Also lebt man in verschiedenen Welten und benutzt Vokabulare, um sich zurechtzufinden; also spricht man verschiedene Sprachen, um sich zu deuten, das ist Bereicherung oder Bedrohung. Welches dieser Vokabulare zeigt uns die Dinge in ihrer wahren Gestalt? Wer das sagen könnte; Ordnungen sind Möglichkeiten, und das Ich muss Position beziehen, um Halt zu gewinnen – *ein Tau, den die Hitz auffzehret / ein Blat / das der scharffe Nord umbkehret.*

★

Warum war die deutsche Lyrik so melancholisch und weinerlich? Sie hat den Verlust der Einheit als Grund der Trauer betrachtet, von der Sehnsucht nach einer Anwesenheit des Ganzen gesprochen und ist dabei immer mehr verstummt. Ein weißes oder ein schwarzes Quadrat. Die lyrische Moderne ist 1970 gestorben, als Paul Celan in die Seine ging. Manches habe ich überhaupt nie verstanden. Was heißt das, was Adorno sagt: »mit der Metaphysik im Augenblick ihres Sturzes solidarisch zu sein«? Geht die Metaphysik denn zu Recht unter oder nicht? Wenn sie zu Recht untergeht, warum soll ich dann solidarisch sein? Aber das Wort »solidarisch« ist wohl das eigentliche Problem. Eure Rede sei: Ja, ja; nein, nein. Entweder glaube ich also oder nicht, und wenn nicht, dann hilft auch keine so verwaschene Empfindung wie Solidarität.

★

Also wollen wir die Kittelschürze der Einfalt ablegen und die Tuche der Vielfalt anlegen. »Fließende Ware«, sagt mein Lieblingsverkäufer immer. Gegen Lyrik für Loser! Lyotard spricht vom Sprung aus der Trauer in das Wagnis, von der melancolia in die novatio. Die Literatur erfindet neue Vokabulare, auch wenn sie nicht weiß, wohin sie will; sie kann nicht mehr den Brüdern und Schwestern Trost zusprechen. Sie will keine Versöhnung der Sprachspiele, denn diese Versöhnung ist nur um den Preis des Terrors zu haben, darum ruft Lyotard: Krieg dem Ganzen, retten wir die Ehre des Namens!

⋆

Warum betört uns der lachende Blick der Frauen über die Schulter so sehr? Weil die Natur der Seele luftartig ist. Ironie heißt, um die Kontingenz von Selbstbeschreibungen zu wissen. Sie werden festgesetzt, aufgehoben, neu geschrieben, verbessert bis zum Tod. Bis dahin weist derjenige die größte Lebendigkeit auf, der sich nicht auf ein Vokabular festlegt und es missionarisch vertritt, sondern eine Vielzahl von Wirklichkeitsbeschreibungen und Möglichkeiten in sich aufnimmt: Fliegender Wechsel!

⋆

Vor gut zweihundert Jahren schrieb der junge Schiller eine Rezension der Gedichte Gottfried August Bürgers, damals eine Berühmtheit. Schiller warf ihm Eingeschränktheit und Beschränkung vor. Die Lyrik soll mit ihrem Zeitalter fortschreiten, sich alle Vorzüge und Erwerbungen desselben zu Eigen machen. Die Sitten, den Charakter, die ganze Weisheit ihrer Zeit soll sie, geläutert und veredelt, in ihrem Spiegel sammeln. Solange die Lyrik das nicht leistet, wird jeder Fortschritt wissenschaftlicher Kultur nur die Zahl ihrer Bewunderer vermindern, schrieb Schiller.

⋆

Die Folgezeit verändert viel und setzet jeglichem sein Ziel. Wer in der Schule eine verwässerte Suppe aus deutschem Idealismus und Kritischer Theorie eingeflößt bekam, dem wird eine fluktuierende Selbstbeschreibung fremd vorkommen. Wir müssen auch noch über die Sendung des Dichters im Zeitalter ausdifferenzierter Systeme sprechen. Schriftsteller, die als Gewissen der Gesellschaft auftreten, sind peinliche Figuren, selbst in Deutschland umweht sie inzwischen ein uncooler Duft. Heimlich wollten sie sowieso alle nur eins: Fürstenerzieher bzw. Kanzlerberater sein. Wie Günter Grass noch heute sagt: »Gerhard Schröder kann so gut zuhören.«

*

Die Gedichte des Prenzlauer Berges, schöne Verwirrung. Als die DDR in Dunkelheit versank, tanzten die Lichter auf dem Berg ihre wilden Kreise. Es war eine dionysische Feier, aber auch eine Kissenschlacht, wie Bert Papenfuß-Gorek, einer der Mythologen des Berges, gedichtet hat: »Das Leben ist schon eine Kissenschlacht, im Vergleich zu dem, was uns erwartet.« Man besang die Verflüssigung der Vernunft und man *war* die Verflüssigung der Vernunft. Diese aufgetürmten Komposita, mit denen sie um sich warfen – diese Rätselreden, wie ein Gang über nächtliche Dächer mit geweiteten Augen. Der Staat nahm ab, sie aber wuchsen; die Zeit war kurz und schön.

*

Die westdeutschen Polit-Dichter nach 1945, das ist ja wohl kein Ruhmesblatt. Von liberalen Demokratien haben sie eigentlich nichts kapiert; und sich vor allem heftig geweigert einzusehen, welche Rolle ihnen darin nicht zukommt. Aber zum Glück stand ihr Selbstverständnis in keinem Verhältnis zur Realität; wenn man sich vorstellt, statt Adenauer hätte uns ein runder Tisch aus Autoren der Gruppe 47 regiert, wird einem bang ums Herz.

⋆

Wir schreiben das Ende der Meta-Erzählungen. Bis auf weiteres sind wir von den Utopien befreit. Die Literatur wird ein Ich nach dem Zerfall großer Blöcke und fester Gewissheiten beschreiben, ein geradezu luftiges Ich. Hin und wieder wird es lustig sein wie andere Menschen auch. Es spiegelt in sich den Plural unserer Zeit und weiß um die Historizität seiner Deutungsmodelle: Vanitas! Diese Situation ist gar nicht so einmalig, und dazu muss ich etwas katholisch werden.

⋆

Wenn katholische Amtsträger auf unsere Zeit angesprochen werden, etwa auf die Entwicklung der Philosophie seit der Aufklärung, bekommt man zur Antwort, jedenfalls von den guten: Aufklärung, was heißt das schon? Das sind doch nur 250 Jahre. Sie erzählen von den Christenverfolgungen der Spätantike und vom Fall Konstantinopels; haben natürlich auch die Türken vor Wien parat. Dieses Bewusstsein ist lobenswert, davon kann die Kunst lernen, denn auch sie ist lang. Also: Ruhe bewahren, den Blick in die Ferne schweifen lassen, weit zurück. *Kritik, Negation, Utopie?* Das sind doch nur 250 Jahre.

*

Neben der katholischen Kirche ist noch einmal Richard Rorty zu loben, der den Pragmatismus in eine wunderbare Leichtigkeit und Eleganz des Denkens überführt hat. Eleganz ist wichtig. Denn in der nächsten Zeit ist es in der Literatur streng verboten, ungepflegt herumzuschreien. Ist aber Rorty nicht des performativen Selbstwiderspruchs überführt worden? Sicher, aber wer ist das nicht?

*

Anything goes: Das ist die Parole, mit der sich ältere Damen und Herren ein Lebensgefühl vom Leib halten; auch weil sie jetzt erst merken, dass sie nicht mehr jung sind, womöglich etwas spät. *Anything goes:* Das zielt auf die Moral; alles hätten wir zum Spiel gemacht. Aber die Moral ist gar nicht verschwunden, sie ist nur eine andere. Wer um die Kontingenz seiner Beschreibungen weiß, wer Ironie gelernt hat, wird lächeln, totalitäre Anwandlungen links liegen lassen. Die Ironie gibt das Subjekt nicht preis, sie stärkt es, rät ihm, sich zu erfinden und zu verändern, außerhalb der Großen Erzählungen. Also freie Rede eines Menschen, der auf einem Stein sitzt, von sich selbst erzählt. Das ist nichts Neues.

*

Ironie ist nicht zerstörerisch. Sie bringt die Dinge in eine Schwebe, in der man sprechen kann, ohne dass es peinlich wird. Man kann das leicht verstehen, wenn man die Frage stellt: Was ist eigentlich das Allerpeinlichste an Günter Grass? Die polternde Selbstgewissheit. Das ironische Ich aber summt: »Das Leben kömmt mir vor als eine Renne-Bahn.«

Wie modern ist die ästhetische Moderne?
Gottfried Benns Wege

I.

Wer nach der Entstehung der ästhetischen Moderne fragt, braucht Distanz zu ihren Behauptungen. Die Moderne will ein Anfang sein, reine Gegenwart, *creatio ex nihilo.* Sie hat keine Vergangenheit und keine Entwicklung, sie ist da: »Man muss absolut modern sein!« So hat sie ihre *viten* und Legenden geschrieben, und im Fall Gottfried Benn heißt das: Am Anfang ist der Schock, der Anfang ist schwarz, der Anfang ist das Leichenhaus der Stadt Berlin:

> Der Mund eines Mädchens, das lange im Schilf
> gelegen hatte,
> sah so angeknabbert aus.
> Als man die Brust aufbrach, war die Speiseröhre so
> löcherig.
> Schließlich in einer Laube unter dem Zwerchfell
> fand man ein Nest von jungen Ratten.

Aber als die »Morgue« erscheint, ist Benn 26 Jahre alt und groß geworden in einer ganz anderen Welt, in einem »Dorf mit 700 Einwohnern in der norddeutschen

Ebene, großes Pfarrhaus, großer Garten, drei Stunden östlich der Oder«. Zwischen diesen Welten lebt Gottfried Benn, und sein Werk entsteht aus der Spannung zwischen den starren Augen des Expressionisten: »Hier diese Reihe sind zerfressene Schöße« – und dem Fließen der Erinnerung: »Es ist ein Garten, den ich manchmal sehe.« Die Moderne kommt aus der Vormoderne, und am Anfang ist Sellin, Ort der Kindheit.

Wenn der Begriff »Moderne« nicht nur für einige Kategorien stehen soll, dann braucht man Lebensgeschichten, um ihn zu füllen. Über die Kindheit und Jugend Gottfried Benns muss man nicht spekulieren, denn er hat das Wichtigste aufgeschrieben. Natürlich ist das eine Erzählung, eine Konstruktion, wenn man will, aber etwas anderes haben auch die Psychologen nicht. Und Benns eigene Geschichte hat, wie wahr sie auch sein mag, sein Denken und Handeln bestimmt. Sie ist hartnäckig und von Dauer. 1934 entsteht die erste Autobiographie, damals mit dem Ziel, die »Erbmasse« zu rechtfertigen. Nach dem Krieg, unter historisch neuen Bedingungen, wird sie erweitert und trägt nun den bekannten Titel »Doppelleben«. Der Autobiographie entsprechende Bekenntnisse zur Herkunft finden sich auch in den Essays, unter Titeln wie »Das deutsche Pfarrhaus« oder »Fanatismus zur Transzendenz«. Und schließlich ist das Gedichtwerk durchzogen von Bildern aus dem Land östlich der Oder, bis zum »Epilog« aus dem Jahr 1949, wo der Alte noch einmal an den Jungen denkt, »der sich am See in Schilf und Wogen ließ«.

Benns Autobiographie besteht über weite Strecken aus Theorie; sie wirkt zusammengesetzt, ist wenig geformt. Die folgende Passage, die auf die Nennung Sellins folgt, fällt wegen ihrer bildlichen und klanglichen Gestalt sofort auf: »Das ist auch heute noch meine Heimat, obgleich ich niemanden mehr dort kenne, Kindheitserde, unendlich geliebtes Land. Dort wuchs ich mit den Dorfjungen auf, sprach platt, lief bis zum November barfuß, lernte in der Dorfschule, wurde mit den Arbeiterjungen zusammen eingesegnet, fuhr auf den Erntewagen in die Felder, auf die Wiesen zum Heuen, hütete die Kühe, pflückte auf den Bäumen die Kirschen und Nüsse, klopfte Flöten aus Weidenruten im Frühjahr, nahm Nester aus.« Und etwas weiter, wo er zu seinem Elternhaus kommt, heißt es: »Eine riesige Linde stand vorm Haus, steht noch heute da, eine kleine Birke wuchs auf dem Haustor, wächst noch heute dort, ein uralter gemauerter Backofen lag abseits im Garten.« Das ist mehr als Nostalgie. Denn diese Kindheit im ausgehenden 19. Jahrhundert, Benn ist 1886 geboren, findet noch in einer Welt statt, die von Wechsel und Wiederkehr der Natur bestimmt ist. Im parataktischen Satzbau, in den Parallelismen und der Rhythmisierung hat sich die zyklische Ordnung niedergeschlagen. Der Raum der Kindheit liegt vor den Verzeitlichungserfahrungen der Moderne, die Dauer und Wiederkehr zerstören wird. »Unendlich« blüht der Flieder, die Linde, deutscher Geborgenheitsbaum, »steht noch heute dort«. Die Bindung an die Natur, in der man »barfuß« läuft, hat eine weitere und sehr konkrete Bedeutung. Denn Gottfried Benn erlebte in seinem Elternhaus noch eine Schwundform des so genannten »ganzen Hauses«, das sich selbst versorgt, einen Abglanz wirtschaftlicher Autarkie darstellt. Sein

Vater hatte noch eine kleine Pfründe erhalten, Pferde und ein Stück Acker. Zwar ist das »ganze Haus« immer nur zur Hälfte Realität, zur anderen Idee gewesen; aber solche Ideen haben Macht. Ein anderer Pastorensohn, Friedrich Hölderlin, hat diese Lebensform utopisch überhöht.

Benns Beschreibungen sind an historische und geographische Kontexte gebunden. Sellin gehört zu jenem Teil des Deutschen Reiches, der von dem Modernisierungsschub im letzten Drittel des 19. Jahrhunderts nur in Ausläufern berührt wurde. Die Moderne ist ja kein Faktum, das mit einem Schlag vorhanden ist. Sie setzt sich seit dem 18. Jahrhundert in Schüben durch. Ebenso findet sie regional mit erheblichen Unterschieden statt, und so konnte eine Kindheit im späten 19. Jahrhundert sich noch in einem weitgehend vormodernen Raum abspielen. Von der industriellen Revolution wurde Benns Landstrich wie die meisten ostelbischen Gebiete kaum erfasst, auch die Urbanisierung machte sich nur schwach bemerkbar. So blieb die Bevölkerungszahl vergleichsweise stabil, die soziale Mobilität war gering. Zwar hatte sich seit den Preußischen Reformen, seit der Revolution von 1848/49, seit den neuen Verfassungen von 1867 und 1872 die rechtliche Ordnung gewandelt, war auch hier der Ständestaat auf dem Weg zur Bürgerlichen Gesellschaft; doch blieb die Gutsbesitzerwelt hierarchisch gegliedert. Dafür sorgten die wirtschaftlichen Verhältnisse, faktisch waren die meisten Lohnarbeiter Abhängige. Dafür sorgten auch weiter vorhandene adlige Sonderrechte und paternalistische Mentalitäten, denn an die Zeit, als die Gutsbesitzer die Polizei- und Justizgewalt auf den Höfen innehatten, konnte man sich noch gut erinnern. Zwar mussten sich die Junker im Großen damit abfinden, das wirtschaftliche Primat an die Industrie zu verlieren, zwar mussten sie in einer Markt- und Konkurrenzgesellschaft agieren und lebten in einem Staat, der sich einer parlamentarisch-grundrechtlichen Ordnung mit individueller Freiheit und formaler Gleichheit immerhin annäherte – aber dem stand das Bewusstsein gegenüber, sowohl im politischen Herrschaftssystem (Bismarck) als auch in der Armee, Bürokratie und Diplomatie weiterhin die Spitzenpositionen einzunehmen, vom Staat durch die Agrargesetzgebung begünstigt zu werden, auf unverkäuflichem Boden zu sitzen, jedenfalls teilweise; und ansonsten waren Berlin und das restliche Reich weit weg. In den eigenen Vorstellungen jedenfalls bildete man die Elite Preußens und damit des Deutschen Reiches.

Gottfried Benn war Pastorensohn; über dem Haustor hing ein Kreuz; er wurde mit Gebet, Andacht, den Liedern des Gesangbuches groß. Die Moderne kommt aus der Vormoderne, aber sie hat ihre Herkunft transformiert und vergessen, und deshalb muss man daran erinnern: Gottfried Benn trug seinem Vater die Bibel zur Kanzel. Der Sohn des Pastors hatte in der Dorfordnung eine besondere Stellung. Denn er war nicht nur mit den Jungen der Landarbeiter vertraut, »sprach platt«, sondern hatte ebenso selbstverständlich Umgang mit den Söhnen des ostelbischen Adels. Stolz heißt es im Rückblick: »Diese alten preußischen Familien, nach denen in Berlin die Straßen und Alleen heißen, ganze Viertel, die berühmten friderizianischen und dann die bismarckischen Namen, hier besaßen sie ihre Güter, und mein Vater hatte einen ungewöhnlichen seelsorgerischen Einfluss gerade in ihren Kreisen.« Gemeinsam mit Heinrich von Finckenstein, dem Sohn des Patronatsherren der Pfarrei, Nachwuchs eines großen Adelsgeschlechts, wurde Benn erzogen. Später besuchten sie zusammen das Gymnasium in Frankfurt an der Oder, den Hauslehrer wie das Stipendium stellten die Finckensteins. Gottfried Benn lebt wie sein Vater mit Widersprüchen: Materiell geht es eher ärmlich zu, aber dagegen steht die gesellschaftliche und ideelle Bedeutung des Pastors in der alten Welt Ostelbiens.

In manchen Analysen liest man, dass Gottfried Benn in unglücklicher Ambivalenz gelebt habe; auch von sozialer Desintegration ist die Rede. Nun verrät der unverhohlene Stolz in den oben zitierten Sätzen in der Tat ein Streben nach Höherem, das Benn nie mehr losließ und noch die späten Briefe des erfolgreichen Lyrikers zu einer etwas anstrengenden Lektüre werden lässt. Aber stärker und folgenreicher als solche Unsicherheiten ist das Selbstbewusstsein des Pastorensohns, das er gerade aus dieser Sonderstellung bezieht. Benn stellt sich in eine Tradition, »mit der Feststellung«, wieder in der Autobiographie, »dass ich 1886 in dem Dorf Mansfeld (Westprignitz) im Pfarrhaus als Sohn des damaligen Pfarrers geboren bin, in den gleichen Zimmern, in denen 1857 mein Vater, Gustav Benn, ebenfalls als Sohn eines Pfarrers dort geboren war«. Und zeitlich noch weiter ausgreifend, erklärt er das protestantische Pfarrhaus zu dem Erbmilieu, das »in den vergangenen drei Jahrhunderten

Deutschland weitaus die meisten seiner großen Söhne geschenkt hat«. Spricht so die Desintegration? Das sind Bekenntnisse!

Aber wozu eigentlich? Wer auf der Kanzel steht, hat den Anspruch, Kirchenbänke und Hierarchien zu umfassen, leistet Weltdeutung und Sinnstiftung. Auf der Kanzel ist man freischwebend, befindet sich oben und außen und kann deshalb vereinen, ist Integrationsexperte. Benn hat daran geglaubt. Ebenso hat er den mit seiner Herkunft verbundenen erkenntnistheoretischen Anspruch aufgenommen, auch in dieser Hinsicht kommt er aus einer Welt vor der Moderne. In der frühen expressionistischen Prosa »Heinrich Mann. Ein Untergang« heißt es: »Früher in meinem Dorf wurde jedes Ding nur mit Gott oder dem Tod verknüpft und nie mit einer Irdischkeit. Da standen die Dinge fest auf ihrem Platze und reichten bis in das Herz der Erde.« Gott oder Tod – das sind höchste, nicht von Menschen gesetzte Prinzipien, aus denen sich die Empirie ableitet, auf die man sie beziehen kann. Dadurch entsteht ein geschlossener Symbolzusammenhang. Was auf der Oberfläche getrennt ist, hat Bezug auf das »Herz der Erde« und gehört dadurch zusammen. Die Welt ist, und das sagten ja auch die Naturbilder, gleich bleibend, stabil, deutbar, noch unberührt vom Taumel des modernen Relativismus.

Solche Bekenntnisse gelten allerdings, und das ist für den Fortgang wichtig, nicht so sehr den Inhalten des christlichen Glaubens, sondern seiner Funktion. Diese Umwandlung der Religion, aus der Benns Dichtungsverständnis hervorgeht, wurde ihm durch den Vater erleichtert, der das Christentum schon umdefiniert, zunächst pietistisch nach Innen gezogen, dann als Gesellschaftslehre verstanden hatte. Gegenüber dem Vater gibt es überhaupt nur eine abwehrende Äußerung, das oft genannte Gedicht »Pastorensohn«. Dieser Text ist allerdings einem konkreten Anlass geschuldet: dem Sterben der Mutter; der Weigerung des Vaters, ihr das Leiden zu erleichtern; der folgenden Wiedervermählung des alten Benn. Hier wird der Vater zwar verurteilt, aber mit den Formen und dem Vokabular der religiösen Tradition. Und diese Wendung bleibt Episode. In einem Brief an den Freund Oelze aus dem Jahr 1939 denkt Benn an die Besuche des Vaters in seiner Berliner Wohnung zurück, erzählt, wie »unmöglich« der Vater in einer Stadtwohnung war, dass er laut »wie in der Kirche« sprach und ein Dienstmädchen, das er einst konfirmierte und nun wiedertrifft, wie eine »Gräfin« behandelt. Eine »überwältigende unfassliche Reinheit« ging von ihm aus, heißt es da, »unerreichbar für eine zerrissene städtische Natur«. Für den Sohn bleibt die Sehnsucht nach Reinheit, sie nahm im Lauf des Lebens verschiedene Gestalt an.

II.

Als Benn den Garten östlich der Oder verlassen muss, die Kindheit in der Vormoderne zu Ende geht, schlägt ihn die »Seuche der Erkenntnis«. So formuliert es, in biblisch-medizinischer Sprache, die expressionistische Bildungsgeschichte »Heinrich Mann. Ein Untergang«. Dort ist beschrieben, was die Wissenschaft »Modernisierungsverlust« nennt: »Es geht nirgends etwas vor;

es geschieht alles nur in meinem Gehirn. Da fingen die Dinge an zu schwanken, wurden verächtlich und kaum des Ansehens wert. Und selbst die großen Dinge: wer ist Gott? und wer ist Tod? Kleinigkeiten. Wappentiere. Worte aus meiner Mutter Mund. Nun gab es nichts mehr, das mich trug. Nun war über allen Tiefen nur mein Odem. Nun war das Du tot. Nun war alles tot: Erlösung, Opfer und Erlöschen.« Was ist geschehen? Der Besuch eines humanistischen Gymnasiums in Frankfurt an der Oder in den Jahren 1896 bis 1903 bedeutet noch keinen Bruch. Das Gleiche gilt für das Studium der Theologie und Philosophie in Marburg, das sich daran anschließt. Zwar könnte Benn in Marburg auf den Neukantianismus getroffen sein, dessen (gegenüber Kant noch verschärfte) Bindung jeder »Realitäts«-Beschreibung an das Subjekt sich mit dem beschriebenen Sündenfall verbinden ließe. Wenn »über allen Tiefen« der Atem des Subjekts weht, dann wird – in Umkehrung der biblischen Genesis – der Mensch zum Weltenschöpfer, und die vormals geglaubten metaphysischen Prinzipien sind »Wappentiere«, also Vergangenheit, »Worte aus meiner Mutter Mund«, also Tröstung für Unmündige. Aber diese Erfahrungen eines erkenntnistheoretischen Relativismus stellen nichts umstürzend Neues dar; wer hatte denn keine Kant-Krise? Auch hat Benn seine Zeit in Marburg kaum erwähnt – ganz im Gegensatz zum zweifellos entscheidenden, biographisch und literarisch beglaubigten Bruch, den er in Berlin erlebt, wo er 1905 das Studium der Medizin an der Kaiser-Wilhelm-Akademie für militärärztliches Bildungswesen aufnimmt. Die Moderne – das ist für Benn, im Gegensatz zu anderen Autoren seiner Generation, zuerst das System der modernen Wissenschaft, erst später die Stadt, nur am Rand der Krieg, zuerst der Positivismus, »die ganze Summe der induktiven Epoche, ihre Methoden, Gesinnungen«, wie er rückblickend schreibt. Medizin, das ist um 1900 eine Wissenschaft, die durch eine starke Expansion der Gegenstände, durch Spezialisierung und Technisierung gekennzeichnet ist. Spätestens in der Mitte des 19. Jahrhunderts hat man sich von der Naturphilosophie gelöst, fragt nicht nach dem menschlichen Wesen, sondern geht kausalanalytisch vor, zerlegt den Körper in physikalisch-chemische Funktionen. In dieser Welt sucht Gottfried Benn seinen Platz.

Der Dichter hat sich immer auf die Tugend der Nüchternheit berufen, die seine Studienjahre und von dort aus sein späteres Werk geprägt habe. Also muss man mit den Fakten beginnen. 1910 legt Benn das medizinische Examen ab, 1912 wird er promoviert, jeweils nach Plan, die Noten sind mittelprächtig. Von 1910 bis 1917 schreibt er Fachaufsätze, die zunächst philosophisch-feuilletonistisch angelegt sind, dann zunehmend den Bedürfnissen einer differenzierten, auf Experimente und Daten angewiesenen Wissenschaft gehorchen. Sie werden in Fachzeitschriften, darunter in sehr angesehenen, veröffentlicht. Eine Arbeit wird mit einem »Königlichen Preis der Medizinischen Fakultät« honoriert. Wer in achtzehn Monaten vier Aufsätze veröffentlicht, hat in der Wissenschaft etwas vor. Dieser Lebensplanung läuft aber eine Reihe von Misserfolgen und Krisen entgegen, die mit der ersten Anstellung an der Berliner Charité beginnt. Ein Krankheitszustand stellt sich ein, der es ihm körperlich unmöglich macht, sich auf neu eingelieferte Patienten zu konzentrieren: »Mein Mund trocknete aus, meine Lider entzündeten sich, ich wäre zu Gewaltakten geschritten, wenn mich nicht vorher schon mein Chef zu sich gerufen, über vollkommen unzureichende Führung der Krankengeschichten zur Rede gestellt und entlassen hätte.« Als er wenig später seinen Dienst als Sanitätsoffizier abzuleisten hat, wird er nach kurzer Zeit feld- und garnisonsdienstunfähig geschrieben, angeblich wegen einer einseitigen Senkniere, was mit guten Gründen bezweifelt worden ist. Und so geht es weiter. Bis zum Kriegsausbruch wechselt Benn wiederholt die Arbeitsplätze, ist unter anderem – für eine Amerikafahrt – als Schiffsarzt der Hapag beschäftigt, soll anschließend den Chef einer Lungenheilstätte vertreten, der aber nach einer Woche aus dem Urlaub zurückgerufen werden muss. Den Krieg verbringt Benn in der Brüsseler Etappe, aus ungeklärten Gründen wird er 1917 aus der Armee entlassen, ist kurzzeitig an der Berliner Hautklinik tätig und lässt sich dann in der Belle-Alliance-Straße als Arzt für Haut- und Geschlechtskrankheiten nieder. Damit kommt er beruflich zur Ruhe, in einer eher spärlichen Existenz.

Mit den Krisen dieser Jahre setzt sich Benn, wie es nahe liegt, zunächst auf medizinischer Ebene auseinander: »Ich vertiefte mich in die Schilderungen des Zustandes, der als Depersonalisation oder als Entfremdung der Wahrnehmungswelt bezeichnet wird.« Aber auch die frühe expressionistische Prosa ist Diagnose und hat eine therapeutische Funktion, aus der sie kein Geheimnis macht: »Ich will mir jetzt möglichst vieles aufschreiben, damit nicht alles so herunterfließt.« Obwohl in diesen Texten kaum erzählt wird, öffnen sich an vielen Stellen Durchblicke auf die Situation Benns, auf die Gefährdung elementarer Bewusstseinsstrukturen. Die Form zeugt davon, im Zerbrechen der syntaktischen Ordnung, in der Substantivhäufung, den Neologismen oder dem permanenten Bruch von Kontextregeln: »Ich schluchze über die Dörfer.« Dort, wo die Erzählungen von Rönne und Diesterweg semantisch nachvollziehbar sind, findet man die Bewusstseinskrise auch direkt benannt; als Versagen der jede Erkenntnis begründenden Subjekt-Objekt-Relation: »Er sei keinem Ding mehr gegenüber«, wird Rönne zitiert. Als Bedrohung zentraler Wahrnehmungskategorien, so des Raums: »Aber über allem schwebte ein leises zweifelndes Als ob: als ob Ihr wirklich wäret Raum und Sterne.« Mühsam müssen die Zeit, die Kausalität und die Abstraktion beschworen werden: »Man muß nur an alles, was man sieht, etwas anzuknüpfen vermögen, es mit früheren Erfahrungen in Einklang bringen und es unter allgemeine Gesichtspunkte stellen.« Diese Krankheit der Erkenntnis ist verbunden mit der Berufserfahrung des Arztes Rönne, der Leben auf einen physiologischen Mechanismus reduziert sieht. Was wäre dieser Mensch, fragt er einmal, »wenn die Geburtszange hier ein bißchen tiefer in die Schläfe gedrückt hätte?«. Damit verkommen individuelle Besonderheiten, geraten zu einer Frage der »Ablesbarkeit«. Diese Sätze kann man biographisch verstehen, auf den Lebensweg zurückbeziehen: Nachdem die in der Vormoderne begründete Identität – das Ich »aus Heimaten, aus Schlaf voll Traum, aus Abendheimkehr, aus Gesängen von Vater zu Sohn« – sich mit den neuen Erfahrungen nicht vereinbaren ließ, nicht haltbar war, gerät Benn in eine Phase ohne wirkliches Selbstverständnis. Sein Ich »geschieht«, findet statt. Dieses Ich, eine »Konkurrenz zwischen Associationen«, ist kaum lebensfähig.

Bedrohungen dieser Art können mit Fluchtphantasien kompensiert werden, mit Erinnerungen an die Kindheit. Einmal taucht eine schützende »Hecke« auf. Die Bedrohung kann aber auch umschlagen – in die Aggression dessen, der außen steht, dessen Energie sich gegen jene Welt richtet, in der er nicht leben kann. Das ist der Hass, der im Expressionismus und der deutschen Zivilisationskritik wirkt: »Ah, wie tief wittere ich den Gasgestank dieser Lydritgranate«, heißt es in einer Kriegserzählung, »zermatscht, verschmiert muss eine Menschheit werden, die in Maschinen denkt.« Nicht nur im Hinblick auf Benn lohnt es sich, solche Phantasien genau zu lesen.

»Ithaka« heißt eine Szene aus dieser Zeit, eine Art Handlungsanleitung zum Erwürgen positivistischer Professoren, deren Uraufführung wohl nicht zufällig im Jahr 1967 stattfand. Es geht um den Streit zwischen einem Professor der Medizin auf der einen Seite, einigen Studenten und einem Assistenten, die seine Form der Wissenschaft ablehnen, auf der anderen Seite. Der Professor steht für eine instrumentelle, zweckorientierte Vernunft, für die Vervielfältigung modernen Wissens, für eine Spezialisierung, die nach intellektueller Integration der Wissensbestände nicht mehr fragt; von irgendeinem »Sinn« ganz zu schweigen. Entsprechende Forderungen der Studenten erledigt er mit einem spöttischen Verweis auf Thomas von Aquin. Der Assistent Rönne dagegen leidet am »Ignorabimus« einer Wissenschaft, die sich von Philosophie und Theologie getrennt hat, er beklagt den Bruch vormoderner »Zusammenhänge«, sieht sich auf das Subjekt und dessen Weltkonstruktion zurückgeworfen: »Worte und das Gehirn. Immer und immer nichts als dies furchtbare, dies ewige Gehirn. An dies Kreuz geschlagen.« Diese Unhintergehbarkeit des Subjekts wird noch prekärer, wenn man den Menschen, wie die Studenten es der modernen Wissenschaft vorwerfen, mechanistisch deutet, triebgeleitet: Vor hundert Jahren schlug es »wie eine Seuche über die Welt«, der Mensch wurde, und hier spricht deutlich der Pastorensohn, »das große fressende herrschsüchtige Tier«. Dagegen werden Mythen aufgerufen, Visionen, die das quälende Bewusstsein zurücknehmen sollen, ein Zustand ohne Stirn wird beschworen, eine Welt, in der man »gelebt« wird. Hier erhält das Titelwort »Ithaka« seine Bedeutung: »Nun singt die Heimat über das Meer.« Auch der Text gerät zum Gesang, in dessen dionysischer Steigerung der Professor gurgelnd gewürgt und »mit der Stirn hin und her« geschlagen wird. »Mord! Mord!«, heißt es, oder religiös formuliert: »Von unserer Stirne sollen Geißeln gehn in dies Gezücht!« Das Recht dazu geben, und darin klingen auch lebensphilosophische Töne an, die »Jugend« und das »Blut«. Angesichts eines solchen Textes kann man fragen, ob der viel zitierte Generationenkonflikt des Expressionismus nicht vielmehr ein Kampf gegen die Moderne ist, der sich nicht zwangsläufig gegen die Väter, sondern vielmehr gegen die Rationalisierung, Säkularisierung, Individualisierung und deren Exponenten richtet. Die Gewaltbereitschaft dieser expressionistischen Phantasie, geschrieben im März 1914, ist jedenfalls enorm.

Aber noch wirkt die Kunst dagegen, wirkt kathartisch, denn in dieser Zeit entstehen auch die »Morgue«-Gedichte. Ihre Stärke liegt in der genauen Beobachtung, die bei aller Nüchternheit geformt ist, bis hin zu traditionellen Kreuzreimen im »Requiem«. Seinen Reiz erhält der »Morgue«-Zyklus vor allem aus der Montage, und diese Montage operiert einerseits mit Versatzstücken der literarischen Tradition, die zitiert und gebrochen werden, andererseits mit Elementen der christlichen Überlieferung, und das heißt mit Benns Kindheit und Jugend. Das sezierende Ich lenkt seinen Blick von den Toten, die keine Trauer mehr hervorrufen, auf eine »kleine Aster«, die in einem Leichnam schwimmt. Ihr gilt nun die Begräbnisformel: »Ruhe sanft, / kleine Aster!« Im Gedicht »Kreislauf« ist es die Wendung »Erde zu Erde«, die pervertiert wird, um einer Leiche eine Goldplombe zu stehlen. Die »Negerbraut« des folgenden Gedichts scheint auf ihrem lächelnden Gesicht vom »Aufbruch vieler Himmelfahrten« zu träumen – »bis man ihr / das Messer in die weiße Kehle« senkt. Am deutlichsten aber bildet das den Zyklus schließende »Requiem« einen Abgesang. Hirn und Hoden, »Gottes Tempel und des Teufels Stall«, liegen in Kübeln und Näpfen vermischt und führen in ihrer sinnlichen Evidenz religiöse Deutungen ad absurdum, »begrinsen Golgatha und Sündenfall«. So sind diese Gedichte einerseits Beobachtung der Medizin, der Großstadt, der Moderne. Aber in ihrem Zynismus bilden sie auch eine nachträgliche Selbstbestrafung. Bezieht man sie auf den Lebensweg, dann zerschlägt Benn, was er einmal geglaubt hat.

Doch die ästhetische Faszination an der Moderne, die mit Kälte und Ausweglosigkeit einhergeht, hält Benn nur in wenigen Gedichten durch. Dann tauchen auch im lyrischen Werk Bilder und Begriffe auf, die den Verlust des religiösen Weltverhältnisses erträglich machen. Das kann die Natur sein, im Gedicht »Mann und Frau gehn durch die Krebsbaracke«. Dort werden »Glut« und »Saft« und »Erde« pantheistisch angerufen, schwillt visionär der »Acker« als Einheitsgrund um die Betten der Sterbenden. Entfernte Räume werden gesucht, wie im Gedicht »Gesänge«, wo in einer südlichen Landschaft Panther durch die Bäume springen, wo alles »Ufer« ist und also am Meer liegt, das Entgrenzung verspricht. Die Panther sind Insignien des Dionysos-Kultes und damit Erinnerung an entfernte, von religiösen Rauscherfahrungen durchtränkte Zeiten. Aber das seiner Fundamente beraubte Ich muss auch im Hier und Jetzt Erlösung finden, zum Beispiel in der »Untergrundbahn«, wo sich eine »fremde Frau«, ein »weißes Tier« nähert. Dem Mann, der »schwer mit Gott behangen« über die Gleise rumpelt, gewährt sie einen kurzen Rausch, eine Möglichkeit, die bedrängende Subjektivität loszuwerden. Auch danach suchen diese Gedichte: »Verströme, o verströme du!«

Aber es handelt sich eben um Gedichte, das alles steht in Gedichten, und also ist es zuletzt die Kunst, die Heilung der Verlustleiden verspricht. Daher heißt es in der Erzählung »Heinrich Mann. Ein Untergang« im Anschluss an die oben zitierten Sätze, da alles tot schien: »Bis ich den Ausweg aus mir fand: in Siedelungen aus meinem Blut. Die sollten Heimat werden, Trost, Erde, Himmel, Rache, Zwiegespräch.« Damit ist ein Programm abgesteckt. »Heimat« und »Trost«: Kunst kompensiert die Modernisierungsverluste. »Zwiegespräch«: Kunst ist Medium der Reflexion. »Erde« und »Himmel«: Kunst ist Fortsetzung der Religion mit anderen Mitteln. Diese mythische Kunstauffassung aber kollidiert mit dem Bewusstsein, dass »Siedelungen« erbaut sind, dass Konstrukte keine vormoderne, geglaubte Wahrheit ersetzen können und dass Kunst in einer offenen Gesellschaft alles Mögliche ist, aber kein Medium der Integration. Als solches muss sie scheitern, wird ressentimentgeladen. »Rache«: Kunst ist Kampf gegen die Moderne.

III.

Die Situation Anfang der zwanziger Jahre fasst der Essay »Das moderne Ich« zusammen, der auf der einen Seite geprägt ist von Aversionen gegen die Wissenschaft, in der Benn nicht leben konnte. Auf der anderen Seite steht eben jenes moderne Ich, das sich in der Figur des Narziss spiegelt. Damit ist das Gefühl der Selbstbezogenheit, ein Mangel an Bindungskräften ausgedrückt. Die folgenden Jahre bringen in der Entwicklung Benns wenig Neues. Um das Jahr 1930 herum setzt dann ein Produktionsschub ein, zunächst in der Form des Essays. Benns Essay-Jahre stehen in enger Beziehung zur Krise der Weimarer Republik. Angeregt durch das nahe Scheitern der ersten offenen Gesellschaft in Deutschland, systematisiert Benn nun seine Moderne-Kritik, spezifiziert sie unter verschiedenen Gesichtspunkten und weitet sie in enger Beziehung mit anderen Vertretern des Weimarer Antiliberalismus historisch aus. Von Benns wissenschaftlicher Prägung und von den »Morgue«-Gedichten lässt sich eine Brücke zu dem Essay »Goethe und die Naturwissenschaften« schlagen, der 1932 im Goethe-Gedenkheft der *Neuen Rundschau* erschien und Benn erhebliches Ansehen einbrachte.

In den späteren expressionistischen Gedichten war aus Natur als Materie wieder Natur als Erlösungsraum geworden. Hier erfuhr das Ich Befreiung: vom Rationalismus, der den Einheitsgrund des Lebens zerlegt, analysiert und klassifiziert hatte; von der Vereinzelung in der modernen Gesellschaft; von den erkenntnistheoretischen Zweifeln nach dem Tode Gottes. Allerdings stand diese lyrische Natur in keinem Verhältnis zur Umwelt, sondern trug rauschhafte Züge, war Fluchtort oder Vergangenheit. Damit gibt sich der Goethe-Essay nicht zufrieden, er fordert eine Revision des Naturbegriffs, der Naturwahrnehmung in der Wissenschaft und im Alltag. Mit diesem Unternehmen knüpft Benn an die Tradition der Naturphilosophie an, die um 1800 von Goethe und den Romantikern, von Schelling und Novalis, vertreten worden war. Sie stand in ihrer frühen und emphatischen Phase nicht in Opposition zur zeitgenössischen Naturwissenschaft, sondern wollte deren Ergebnisse deutend vereinen, Bausteine der Natur zu Symbolen erheben. Diese Symbole sollten eine transzendente Einheit über, hinter oder in der Empirie durchscheinen lassen. Doch war dieser Versuch mit einem fortgeschrittenen Wissenschaftssystem nicht zu verbinden, wurde entweder rasch aufgegeben, endete in Zettelkästen oder entwickelte sich zum Ressentiment.

Die Schwierigkeiten, denen schon die goethezeitliche Naturphilosophie ausgesetzt war, treten bei Benn in verschärfter Form auf. Denn sein naturphilosophischer Essay verweist nur noch an wenigen Stellen und in kryptischen Andeutungen auf Entwicklungen der zeitgenössischen Naturwissenschaft, die seine starken Behauptungen (zum Beispiel die, dass der Rationalismus gerade zusammenbricht) beglaubigen sollen. Sein Essay ist eine Erinnerung, er evoziert, unterlegt mit zahlreichen Zitaten, geschickt komponiert, die Atmosphäre Goethe'schen Naturdenkens. Bezeichnend für die fehlende inhaltliche Substanz dieses Wiederbelebungsversuches ist auch, dass sich in den Gedichten der dreißiger Jahre keine naturwissenschaftlich avancierte Bildlichkeit findet und dass auf theoretischer Ebene nach dem Goethe-Essay von dem Projekt Naturphilosophie nicht mehr die Rede ist. Gleichwohl sind die Ideen und Bilder dieses Versuches signifikant, nämlich für das Unbehagen an der Moderne, deren leere Mitte mit einem metaphysisch aufgeladenen Begriff von Natur gefüllt wird.

Denn mit Goethe versteht Benn »Natur« als Transzendenz, die sich im Diesseits ausspricht. In ihr sind Einheit und Vielheit verbunden: *Hen kai pan*. Die Elemente der Natur werden als Töne einer Harmonie vorgestellt, und dem entspricht erkenntnistheoretisch eine Verbindung von induktiver und deduktiver Methodik, die Benn gegen den positivistischen Geist des 19. Jahrhunderts und seiner Studienjahre setzt. Um das Entstehen eines überkomplexen Spezialwissens zu verhindern, das der Einzelne nicht mehr fassen kann, braucht man Voraannahmen und Regeln, die das Forschen und die Anschauung leiten. Diesem Einheitspostulat auf der Ebene der Weltdeutung entspricht ein gleichgerichtetes Verlangen im Bereich der Anthropologie. Hier stellt sich Benn mit Goethe eine Gesamtvernunft vor, das heißt eine Ergänzung des abstrakt klassifizierenden Denkens durch emotionale und sinnliche Vermögen. So soll der moderne Mensch seine Zusammengehörigkeit mit der Natur, die beim konstruierten und den Lebensraum zerlegenden Experiment verloren gehen muss, wieder erfahren. Dass dieses affektgeführte Denken, diese Sympathie mit der Natur auch das Schockerlebnis der »Morgue« überwinden soll, zeigt eine von Benn zitierte Äußerung Charlotte von Steins: Durch Goethes Deutungen werde ihr jedes Teil der Natur »äußerst interessant, so sind mir's durch ihn die gehässigen Knochen geworden und das öde Steinreich«. Und dass Benn mit der ruhenden, unbewegten Einheit der Natur auch die Stabilität seiner Kindheit meint, zeigt sich, wenn er Goethes »Stimme« sprechen lässt, ihn zitiert, um fortzufahren: »Das ist doch die Stimme des Erzvaters vor der Hütte, der die Herden ruft, die Silhouette des Hirten steht am Abendhimmel.«

Es verwundert daher nicht, dass Benn diese Erinnerung an die Naturphilosophie zu einer generellen Attacke gegen die Moderne, ja die gesamte Neuzeit ausweitet. Er setzt in der Renaissance ein, erwähnt dann

Kant, um gegen die Französische Revolution als »Verirdischung« der Triebe zu polemisieren. Anschließend wendet er sich den Werken von Feuerbach und David Friedrich Strauß zu, den »zerstörerischsten Büchern« des 19. Jahrhunderts. Zuletzt geht er gegen den »Wirtschaftsaufstieg wucherungsbereiter Stände«, das Bevölkerungswachstum, die soziale Mobilität und die Wallstreet vor. Spätestens in diesen Passagen wird deutlich, dass Benn mit seiner Kritik der zeitgenössischen Naturwissenschaften im Grunde die Differenzierungsprozesse der Moderne meint – und in diese Richtung entwickelt sich auch seine Essayistik. Vom Goethe-Essay aber bleiben, wie auch von der Idee Naturphilosophie, Erinnerung und Klang: »Noch einmal das Dasein, das von einem Tag zum anderen sich durchhilft, die Blätter abfallen sieht und nichts dabei denkt, als daß der Winter kommt. Noch einmal das Haus und der steingefaßte Brunnen, die Urbeschäftigung auf der Weide und dem Acker, die begleitenden Tiere: Hund und Roß, die Geräte: Ruder, Schaufel und Netz – und dann die Zivilisation. Noch einmal Luna in der großgemessenen Weite, noch einmal die Sterne im alten Raum, noch einmal der Regenbogen, in dem sich ein Gott versöhnte – und dann die optischen Trivialitäten.«

Der Weg ist eingeschlagen, Benns Denken kreist um die Leerstellen der Moderne, um Erfahrungen der Verzeitlichung, des Stabilitätsverlustes, der Kontingenz. Einen wichtigen Schritt bildet der Essay »Nach dem Nihilismus«, ebenfalls 1932 veröffentlicht, der die Problemstellung genauer fasst, sich jedoch in der Lösung unterscheidet. Am Anfang steht der Verlust einer zentralen und verbindlichen Weltdeutung, die von Gott, der Natur oder der Geschichte ausging. Wahrheit wird ersetzt durch ein temporäres Lösen und Setzen von Bindungen, durch Falsifikation und Fluktuation. Dazu trägt auf wissenschaftlicher Ebene eine kausale und immanente, nicht zeichenhafte Deutung der Empirie bei. Sie höhlt die genannten metaphysischen Größen aus; als Beispiele werden psychologische oder soziologische Deutungen der Religion genannt. Auf politischer Ebene entspricht diesen Veränderungen, das ist klar gesehen, die allmähliche Durchsetzung der Demokratie als einer Organisation »gleich wertvoller, gleich stimmfähiger« Bürger. Anthropologisch bringt die Moderne nach Benns Ansicht einen auf Mobilität und Anpassungsfähigkeit ausgerichteten Menschentypus hervor, der Wahrheit als Nutzen versteht, seine instrumentelle Vernunft perfektioniert und jene Bedürfnisse verkümmern lässt, die auf Andacht und Verehrung gerichtet sind. Diese Prozesse werden zeitlich dem 19. Jahrhundert zugeordnet, an einigen Stellen aber greift Benn darüber hinaus, weitet er den Essay zu einer Kritik der Neuzeit aus, deren Potentiale sich vom 16. bis zum 20. Jahrhundert entfaltet und dynamisiert haben.

So weit die Diagnose; der Essay aber kündigt eine Überwindung des Nihilismus an, spricht von einer Wiederherstellung jener verlorenen Geschlossenheit, jenes geistigen Raumes, der die alteuropäische Welt, ihre Handlungen und Gespräche umspannte. Benn argumentiert hier nicht in einfacher Weise antimodern, Gott und Natur sind für ihn als verbindliche Bezugspunkte verloren, anders als noch im Goethe-Essay.

Über gemeinsame Inhalte, daran besteht kein Zweifel, lässt sich die pluralisierte Welt der Moderne nicht verklammern – aber über gemeinsame Formen, und diese Formen hat die Kunst zu produzieren. Wenn Benn hier eine »Metaphysik der Form« ausruft, Kunst als das Leben formende Prinzip bezeichnet und von den Auserwählten spricht, die mit neuen Werken eine neue Zeit eröffnen sollen, dann nimmt er die Kunstreligion, die Genieästhetik und den idealistischen Optimismus der Goethezeit wieder auf, deren Kunsttheorie ja auch eine Kompensation der heraufziehenden gesellschaftlichen Moderne war, eine Antwort auf die Französische Revolution – und sich deshalb als Kritik der Weimarer Republik reaktivieren ließ. Auch die anthropologische Kritik, die Benn an der Moderne übt, ist aus dieser Zeit bekannt, vor allem aus Schillers Briefen »Über die ästhetische Erziehung des Menschen«. Hier wie dort stellt die Rezeption von Kunst eine Variation religiösen Erlebens dar. Kunst konfrontiert den Betrachter mit Phänomenen, die nicht kausal ableitbar sind, erfüllt so Bedürfnisse nach etwas »Auratischem« und macht den Menschen »anthropologisch vollsinnig«. Diese metaphysisch aufgeladene Kunst beansprucht einen Platz, den die moderne Gesellschaft nicht hat: das Zentrum. Und die Künstler werden zu Priestern oder Avantgardisten, je nachdem, ob die Wahrheit in der Vergangenheit oder der Zukunft liegt. Trotz dieser Rückgriffe auf die Goethezeit bemüht sich Benn, sein Konzept modern erscheinen zu lassen, verweist auf zeitgenössische Entwicklungen in Technik und Architektur, spielt auf den Futurismus und Expressionismus an, die zur Wiedergeburt der »Mythe« beigetragen haben. Zeitgemäß präsentiert sich Benn auch in der Verschärfung des Tonfalls, die Gewaltoptionen der Weimarer Endphase klingen deutlich durch. Und aktuell kann man auch das Ende des Essays mit einem Aufruf zur »volkhaften Verpflichtung« nennen; die Entscheidung des Jahres 1933 deutet sich an.

Auch wenn man diesen Essay nur an den selbst gesteckten Zielen misst, handelt es sich um Stückwerk. Denn es ist unter den Bedingungen der Moderne kaum zu verdecken, dass Kunstwerke aus einem konstruktiven Geist hervorgehen. Eine Kunstreligion zwingt die Künstler zum Priestertrug: Sie spielen etwas vor, das sie nur begrenzt glauben können, zumindest bei klarem Bewusstsein. Und auch auf Seiten des Rezipienten ist die Metaphysik dahin, sobald ihm der Konstruktcharakter wieder »einfällt«. Der Priestertrug wird durchschaut. Benn überdeckt dieses Dilemma mit gewundenen Formulierungen. Ist an einer Stelle von »sich selbst setzender Idealität« die Rede, so heißt es vom Künstler in einer anderen Passage, dass er die »Genien der eigenen Brust mit den Himmeln und den Höllen weiter Schöpferscharen« zu mischen habe. So kommt dieser Essay über die subjektive Behauptung einer Metaphysik der Form, eines göttlichen Stils, nicht hinaus. Außerdem ist die einfache Tatsache zu bedenken, dass Kunstwerke, fragt man nach ihrer Wirkung, in der modernen Gesellschaft nur Teil-Wahrheiten sind und damit allenfalls Teil-Öffentlichkeiten herstellen können. Sie bleiben, wie alles andere, Akzidenz, stellen die Zeit nicht still, geben dem Wandel kein Ziel, sind selber nur Zeichen.

Aus den Essays der Jahre 1930–32 lässt sich Benns

Entscheidung für den nationalsozialistischen Staat ableiten. Sie ist nicht zwangsläufig, sie ist kein *fatum*, aber es handelt sich auch nicht um eine Verirrung oder einen Unfall. Denn Benn überträgt und verschiebt nun jene Begriffe und Kategorien, mit denen er die vormoderne Welt seiner Kindheit einschließlich ihrer religiösen Sicherheiten gedeutet hatte, die er dann der Natur und der Kunst aufbürden wollte, auf die Geschichte und den Staat. Zwei zentrale Texte des Jahres 1933 dokumentieren das: die Rede »Der neue Staat und die Intellektuellen« sowie die berühmte »Antwort an die literarischen Emigranten«. Benn umschreibt die politischen Veränderungen des Jahres 1933 zunächst ästhetisch, indem er sie mit der Entstehung einer neuen Kunstepoche, konkret der Gotik, vergleicht. An den emigrierten Klaus Mann gerichtet, heißt es: »Meinen Sie, im Norden des Landes, aus dessen Süden Sie mir jetzt schreiben, hätte sich jemand einen neuen Baustil erdacht? Man hätte abgestimmt: Rundbogen oder Spitzbogen; man hätte debattiert über die Apsiden: rund oder polygon?« Er beschreibt das Jahr 1933 sodann in der Terminologie der Naturwissenschaft oder Naturphilosophie als »Hervortreten eines neuen biologischen Typs«, der aus »dem unerschöpflichen Schoß der Rasse« geschickt werde und sich unter dem »Gesetz des Lebens« zu behaupten habe. Und er gebraucht zuletzt Begriffe aus dem Bereich der Religion, wenn er die Machtergreifung »mythisch«, »metaphysisch«, »schöpfungsnah« nennt. Es ist zu einfach, in einem solchen Fall von einer »Ästhetisierung der Politik« zu sprechen. Man muss fragen, *welche* Ästhetik auf *welche* Politik übertragen wurde und warum dies möglich war. Dann zeigt sich, dass hinter Benns Analogien und Verschiebungen jener ursprüngliche Impuls steht, dem sich schon seine Deutungen der Religion, der Natur und der Kunst verdankten, nämlich der Kampf gegen die Moderne. Ihre Bedingungen sollen nun, nachdem sich die früheren Versuche als intellektuelle Projektionen oder Melancholien erwiesen hatten, mit ganz anderen und sehr viel mächtigeren Waffen überwunden und beseitigt werden, mit Zwangsmitteln, die der Kunst fehlen: mit den Waffen des antidemokratischen, des totalitären Staates.

Benns scheinbar rasante Positionswechsel und die scheinbar unzusammenhängende Proklamation ständig wechselnder »neuer« »höchster Prinzipien«, die viele Leser verwirrt haben, lassen sich auf ein grundlegendes Mangelgefühl zurückführen, sind zu begreifen als Reaktion auf die schmerzhaft erfahrenen Leerstellen der Moderne, die er in verschiedener Weise zu besetzen versucht. Diese Deutung wird noch plausibler, wenn man sieht, dass Benn eben jene Forderungen, die er aus den Erfahrungen der Kindheit und dem Leidensdruck im System der modernen Wissenschaft abgeleitet hatte, nun an den Staat stellt. An erster Stelle steht die Schaffung einer neuen, »die Stände auflösenden Gemeinschaft«, wie es in politisch unbeholfener Terminologie heißt. Zeitgemäßer klingt es in einer anderen Passage, wo sich der Dichter »den Verlust des Ich an das Totale« wünscht. Damit werden Freiheit und Pluralität überwunden, die Benn immer nur in ihren Kosten zu sehen gelernt hatte, als »Zersetzungsfreiheit«, als Chaos mit »kapitalistischem Behang«

und viel zu vielen Zeitungen in Deutschland. Sodann stillt der neue, nicht durch demokratische Verfahren hervorgebrachte Staat theologisch-philosophische Bedürfnisse nach einer substantiellen, weder zu deutenden noch zu historisierenden Wahrheit. Er soll das »formal noch nicht Zerdachte« sein, das Absolute, dem sich das Individuelle »opfert«. Damit schafft dieser Staat drittens einen anthropologisch vollsinnigen Menschen und überwindet die Reduktion auf die analytische, instrumentelle Vernunft. An dieser Stelle wird Benn, wie so viele andere Intellektuelle der zwanziger Jahre, dezisionistisch, allerdings auch dies mit einem deutlich religiösen Akzent, indem er Vorstellungen der Offenbarungsreligion verwendet. Wahr ist der neue Staat deshalb, weil nicht über ihn abgestimmt wird, seine Wahrheit ist sein »Erscheinen«, und das heißt seine Macht. Seine Wahrheit ist seine »Novität«, und das heißt sein Verschlingen des Alten mit Haut und Haaren. Dazu gehört Gewalt, sie ist die elementare, unverfremdete Ausdrucksform der Wahrheit. In Benns Gewaltbegriff verbindet sich ohne weiteres die Offenbarung auf dem Berg Sinai mit den Sansculotten und den Gleichschaltungsmaßnahmen des neuen Staates, in denen »gewisse erste Ränge leer gefegt« werden.

Wenn Benn in solchen Zusammenhängen auf die Tradition der deutschen Genie-Ästhetik zurückgreift und die großen Männer der Geschichte mit den ästhetischen Genies vergleicht, dann handelt es sich dabei, wie noch einmal gesagt werden soll, nicht um eine einfache Übertragung aus der Sphäre der Kunst in die Politik. Denn die Erfindung des Genie-Begriffs im späten 18. Jahrhundert hat ja dazu gedient, die Kunst über die Stilisierung einer geschichtsphilosophisch formulierten Priesterrolle von bestimmten relativierenden Folgen des Modernisierungsprozesses freizuhalten. Man findet es bei Schiller, wahrlich keinem Schwärmer, in der Schrift »Über naive und sentimentalische Dichtung«. Der Künstler wird so definiert, dass er mit einem Bein in seiner Zeit, mit dem anderen im Absoluten steht. Wo die Menschen zerrissen, entfremdet und von der Natur getrennt leben, wird er von »Eingebungen« geleitet und kann deshalb zum Gesetzgeber der Moderne werden: »Seine Gefühle sind Gesetze.« Eine Frage stellt sich, und die ist entscheidend: Woher kommen die Eingebungen? Schon Schiller gerät an diesem Punkt in Schwierigkeiten und behilft sich mit einem Prinzip, das aus der Einnahme von Medikamenten bekannt ist: Viel hilft viel. Er nennt nämlich nicht *eine* Quelle der Eingebungen, sondern alle möglichen: Natur, Instinkt, ein schützender Engel, die Einfalt und ein Gott werden aufgefahren. Darin zeigt sich ein grundsätzliches Problem der modernen Ästhetik: Ihr Kunstbegriff erhält seine Dignität aus der Verwendung religiöser Vokabeln, ohne dass man sich zu einem metaphysischen Kern bekennen würde, der diesen Vokabeln überhaupt erst ihre Bedeutung verleiht. Die mit dem Begriff »Eingebung« verbundenen religiösen Energien werden in die Kunst hinübergezogen, gleichzeitig wird der Grund der Eingebung ausgeblendet, die Beziehung zu ihm wird gekappt. Das ist wie ein Sonnensystem ohne Sonne. Restbestände des Absoluten werden in die Figur des Künstlers projiziert, um in der Moderne einen Menschen zu haben, der immer noch »zu Hause« ist – auch wenn keiner mehr sagen kann, was das eigentlich bedeutet.

Diese Ästhetik, die eine Antwort auf den Einbruch der Moderne darstellt, kann von Benn im 20. Jahrhundert unter erheblich verschärften, aber doch vergleichbaren Bedingungen wieder ins Spiel gebracht werden. Auch der Rückgriff auf das Genie ist Teil der Auseinandersetzung mit einem seit der Jugend konstanten Feind und seinen Erscheinungen: mit der Moderne, ihrer Pluralität, ihrer Zeitlichkeit. Der Modus, in dem diese Verwundung bekämpft wird, wechselt. Es gibt trauernde Töne, auch noch im ressentimentgeladenen Brief an die Emigranten: »Und da ich auf dem Land und bei den Herden groß wurde, weiß ich auch noch, was Heimat ist. Großstadt, Industrialismus, Intellektualismus, alle Schatten, die das Zeitalter über meine Gedanken warf, alle Mächte des Jahrhunderts, denen ich mich in meiner Produktion stellte, es gibt Augenblicke, wo dies ganze gequälte Leben versinkt, und nichts ist da als die Ebene, die Weite, Jahreszeiten, Erde, einfache Worte –: Volk.« Aber diese Trauer ist umgeschlagen, und zwar nicht nur bei Benn, in Hasstiraden, in Tabula-rasa-Phantasien. Die »individualistische Ära« soll zum Teufel gehen. Und aus der in der Jugend gelebten Transzendenz ist nun, wie es im Essay »Züchtung« heißt, eine »militante Transzendenz« geworden oder ein »Fanatismus zur Transcendenz«. Diese ungemein aufschlussreiche Formulierung gebraucht Benn in einer kurzen Selbstcharakterisierung aus dem Jahr 1931; dort beschreibt er seinen Lebensweg als Säkularisierung. Denn während das Dogma, die Lehre und die Glaubensgemeinschaft verloren gingen, blieb die »Atmosphäre« des Vaterhauses erhalten; eben als jener Fanatismus, der 1932 sein Heil allein in der Kunst fand, sich aber 1933 als Geschichtsphilosophie auslebt und ein »geschichtliches Gesetz« erkennt, »nach dem sich vor unseren Augen überall autoritäre Staaten bilden«. Die Apostrophe des totalen Staates und der sich elementar vollziehenden Geschichte bedeutet daher keinen Bruch, keine wirkliche Neuorientierung Benns, sie ist Transformation des Fanatismus zur Transzendenz. Denn diese Wendung sagt ja nicht nur, dass die Transzendenz verloren ist, sondern auch, dass man bereit ist, einen verlorenen Zustand mit Gewalt wiederherzustellen.

IV.

Kampf gegen die Moderne – unter diesem Bannerspruch versucht Benn 1933 und 34 ein Bündnis zwischen Nationalsozialismus und ästhetischer Avantgarde zu stiften. In seinem Aufsatz »Bekenntnis zum Expressionismus« beruft er sich auf den gemeinsamen Willen, die Kontingenzen und Diffusionen der Moderne zu bändigen und zu ordnen: »Zucht will er, da er der Zersprengteste war«, so charakterisiert er den expressionistischen Künstler. Dieser Ordnungswunsch ließ sich, wirft man einen Blick auf Johannes R. Becher, offenbar auch auf der politischen Linken befriedigen. In einer Zeit allgemeiner Konfusion habe der Expressionismus »die antiliberale Funktion des Geistes«, ja das »Unbedingte« vertreten. In den einleitenden Sätzen verweist Benn auf gleich lautende Bestrebungen bei Barlach und Nolde, später bezieht er sich mit Gewicht auf das italienische Vorbild, das ja ebenso wie die anfängliche Synthese von Avantgarde und totalitärer Herrschaft in der Sowjetunion die zwar begrenzte, aber doch vorhandene Plausibilität von Benns Ideen dokumentieren konnte. Diese Option wurde 1934 zerschlagen, Benn und andere Expressionisten wurden attackiert, die NS-Kunstpolitik entschied sich für klassizistisch-realistisch-volkstümliche Kunst, und die Kunst spielte insgesamt im nationalsozialistischen Herrschaftssystem nicht jene leitende Rolle, die Benn in seinen Schriften der Jahre 1933 und 34 immer wieder beschworen hatte. Statt der erträumten »Oratorien in Amphistadien« geht sein Weg in die Isolation, aber, so wird man sagen müssen, das sind Entscheidungen der Nationalsozialisten, die sich von Benn abwenden, nicht umgekehrt.

Die Gründe für diese antimoderne Ausrichtung der totalitären Kunstpolitik sind vielfältig und bis jetzt kaum erörtert. Vielleicht lässt sich ein Grund nennen, der sich aus ästhetischen Prinzipien ergibt. Die Avantgarde bringt eine Kunst in Bewegung hervor, eine Kunst im Kampf. Diese Kunst ist Ausdrucksform einer Kleingruppe, die angetreten ist, um eine im Falschen erstarrte Gegenwart aufzubrechen. Das entspricht der Situation einer kämpfenden Partei. Wenn diese Partei aber gesiegt hat, benötigt sie Stabilität statt permanenter Revolution. Wer einen erreichten Zustand befestigen will, braucht Repräsentation statt notwendig unbestimmter Zukunftskunst. Jetzt muss ein Massenpublikum befriedigt werden, das nach Realismus verlangt. Deshalb konnte die Avantgarde für die politischen Parteien nur ein Verbündeter in der Zeit des Kampfes sein, mehr nicht; es sei denn, ihre Vertreter waren gewillt, einige ihrer zentralen ästhetischen Prinzipien aufzugeben und repräsentative Kunst für die Machthaber zu schaffen.

An wichtigen Annahmen hält Benn auch über den Einschnitt 1934 hinweg unverändert fest. Das zeigt ein Blick in den Aufsatz »Kunst und 3. Reich« aus dem Jahr 1941, der häufig als eine Art Widerstandsdokument verstanden wird. Zwar ist an einzelnen Stellen von der Terrorpraxis im Dritten Reich die Rede, von »Genickschüssen im Freien« und von Aktionen der Gestapo. Aber das eigentlich Verwerfliche an diesem Staat ist seine Kunstpolitik, und eigentlich verwerflich an dieser Kunstpolitik ist, dass sie Gottfried Benn missachtet. Man sollte sich nicht täuschen lassen: Zwar predigt Benn jetzt Autonomie und Einsamkeit der Kunst, aber damit erfüllt er die Vorgaben und Gesetze der Genie-Ästhetik. Denn für den (ja keineswegs selten eintretenden) Fall, dass das Angebot des Genies, als Volkstribun, Wahrsager oder Berater zu fungieren, abgelehnt wird, stehen rhetorische Muster zur Verfügung, mit denen die anschließende Phase der Isolation, die bleierne Zeit, das Leiden an Deutschland auszugestalten ist – nicht ohne zu hoffen, die Philister, Barbaren und Kleinbürger oder vielleicht einige von ihnen könnten irgendwann doch noch begreifen und bereuen. Dementsprechend ergeht sich Benn jetzt in Philisterkritik und nimmt dabei vor allem »Kleinbausiedlungen« ins Visier. Natürlich wird gegen die offizielle Kunst polemisiert, die realistisch und populistisch ausgerichtet ist. Benn selbst, der Staatskunst machen wollte und nicht durfte, zählt zu den »Erleuchteten«, die mit »Geringschätzung und Schmutz« beworfen werden. Ungebrochen ist die Überhöhung der Kunst zur Kunstreligion, die unkritisierbare, substantielle, nicht ableitbare Wahrheiten zu produzieren hat, allerdings jetzt, in der Phase der »inneren Emigration«, ohne Hoffnung auf Resonanz. Etwas einfach macht Benn es sich auch in seiner Einschätzung des Nationalsozialismus: Er ist Fortsetzung der in den zwanziger Jahren verdammten Moderne.

Auch nach 1945 und ohne äußere Bedrängnis scheint Benn nicht gewillt, Revisionen vorzunehmen. In einem Brief aus dem Jahr 1948 an den Herausgeber des *Merkur,* Hans Paeschke, ergeht er sich in Selbstmitleid, setzt sein Verbot im Dritten Reich und der Nachkriegszeit unvermittelt gleich und sieht sich von allen Seiten verfolgt. Gleichzeitig hofft er aber, und das klingt sehr bekannt, auf eine Erneuerung des Abendlandes und verkündet: »Ein Volk regeneriert sich durch Emanation von spontanen Elementen« – also durch die Kunst, der damit doch wieder, kaum ist Licht zu sehen, eine geschichtsphilosophische Bedeutung zugesprochen wird. Allerdings ist diese Emanation gefährdet, und zwar nicht, wie Benn ausdrücklich betont, durch den politischen Totalitarismus oder die SS-Verbrechen. Vielmehr geht das Abendland am »hündischen Kriechen seiner Intelligenz vor den politischen Begriffen« zugrunde, und bei diesen politischen Begriffen handelt es sich um die »Demokratie« und das »Humanitäre«. Zwar nimmt Benn, Konzession an die veränderten Umstände, eine Trennung von Politik und Kunst vor, erklärt, dass Demokratie »als Staatsprinzip das Beste«, nur »zum Produktiven gewendet absurd« sei. Aber diese Trennung nimmt er umgehend wieder zurück, wenn er behauptet, dass die großen Kulturen der Geschichte gesellschaftlich inhuman gewesen seien. Diese Bemerkung ergibt nur dann Sinn, wenn man Kunst und Politik eben nicht als getrennt ansieht. Ebenso aus dem Jahr 1932 könnte der Satz stammen, dass »alles Primäre«, auch im geschichtlichen Bereich, »explosiv« entstehe. Damit wird ein Verständnis beibehalten, wonach wahre Geschichte kunstanalog verläuft; und auch das biologische Vokabular benutzt Benn unbeeindruckt weiter: »Diskontinuierlich mutiert die Entelechie, nicht historisch.«

So ist also aus Gottfried Benns Auseinandersetzung mit dem Prozess der Modernisierung eine Ästhetik entstanden, die eine Aufhebung wesentlicher Bedingungen und Folgen der gesellschaftlichen und wissensgeschichtlichen Moderne intendiert. Zwar kann die entspiritualisierte Moderne auch als ästhetisches Faszinosum wirken, wie die »Morgue«-Gedichte zeigen – aber größer ist das Leiden an ihr, stärker ist der Wunsch nach einer Überwindung jener offenen Gesellschaft, die in der deutschen Ästhetik seit der Goethezeit als Last, Unglück, Untergang erschien – und nur in kurzen Phasen als Befreiung oder Glück. Dieser Konstellation bleibt Benn in seinen ästhetischen Äußerungen das ganze Leben treu, auch der totalitäre Sündenfall des Jahres 1933 führt nicht zu einer Revision. Anders sieht es in der Lyrik aus. Ungefähr seit 1950 entsteht eine ganz neue Art von Gedichten, verwirft Benn in der literarischen Praxis die Glaubenssätze der ästhetischen Moderne und kehrt zur Mimesis zurück. Er schreibt keine Gegensprache mehr, sondern montiert die Sprachen der auseinander treibenden Welt. Er spricht von Menschen, nicht von Massen, und bleibt seinen alten Fragen, den Fragen der Religion treu. Zeitgeschichtlich pointiert, könnte man sagen: Der späte Benn, das ist die Westbindung der deutschen Lyrik. Aber das ist ein neuer Abschnitt.

Kurzer Gang durch die Neue Nationalgalerie

Vor wenigen Jahren noch, am Ende des 20. Jahrhunderts war die Neue Nationalgalerie am Tiergarten, in der Mitte Berlins, von einer Brachlandschaft umgeben, von Spuren der Zerstörung. Das Gebäude der Galerie, ein flacher Bau, besteht aus Beton, Stahl, Glas, von einer Steinterrasse eingefasst. »Das Gebäude steht für Reinheit und Transparenz«, kann man lesen, verkörpert die Idee der geraden Linie; Geheimnisse werden nicht gemacht. Man betritt das Erdgeschoss, eine weite Fläche, nahezu kahl – gelangt in das Untergeschoss, das letzte Jahrhundert. Auch hier herrscht Übersicht, weiße Trennwände ordnen den Raum, Fußboden und Decke nahezu kahl. Die Bilder und Figuren, die hier versammelt sind, scheinen dem entgegen zu stehen – so zerstörend und wild, rasende Geburten! Doch Gebäude und Inhalt gehören zusammen, denn der Wille zur Eindeutigkeit hat auch die Bilder hervorgebracht. Sie befinden sich noch im Kampf, *ars militans*, angetreten, die Gegenwart zu beseitigen; sie muss Raum geben für eine ganz neue Welt, eine andere Ordnung der Dinge, die durch Abbruch und Tod kommt. Das Gebäude aber hat schon gesiegt, auf einem begrenzten Raum eine Ordnung geschaffen. Ein Rundgang im Keller des 20. Jahrhunderts.

*

Pfingsten von Emil Nolde. Menschen in der Stunde, als sie Apostel wurden. Menschen in der Stunde, als das Allgemeine sie ergriff. Gemalt ist der Wunsch zu verschwinden, kein Einzelner mehr zu sein, von innen zu leuchten, mit grünen Augen, mit violetten Augen, mit roten Haaren und Bärten. Die Apostel haben riesige Hände, wozu brauchen Apostel solche Hände? Eine Frau ist darunter, die demütiger blickt, nach unten; aber es handelt sich um die Demut eines Menschen, der sich als Werkzeug fühlt, und daraus lassen sich Lizenzen ziehen. Sie tragen Flammen auf den Köpfen, starren in die Ferne der großen Kriege, sehen die Kriege herbei. An vielen Stellen im Bild kehrt diese Flammenform wieder, auch in den Händen. Am linken Bildrand steht einer, sieht wie der Urmensch aus, und das soll der Mensch auch werden: ein Stück Natur, glühendes Leben. Alle Vernunft hat er fahren gelassen und trägt lila Strickpullover. Ja, es ist ein zeitloses Bild, es sind alte deutsche Gesichter. Keine andere Nation würde glauben, dass es sich bei diesen groben, fleischigen Typen um Apostel handelt, die würden anderswo zu Schächern taugen. Alte deutsche Gesichter: die Wiedertäufer, gelb und gleichgeschaltet, Thomas Müntzer, der faselnde Pietismus, und Dutschke hat auch so geglüht. Sie brechen die Oberfläche auf, die Begrenzung des Menschen, der mit anderen verschmelzen soll. Oberflächen bilden keinen Schutz, sie verhindern Tiefe. Also weichen die Expressionisten von der Gegenwart ab, und so entsteht pulsierendes Leben, der Schein des Chaotischen. Aber das Ziel der Abweichung ist Herrschaft, und was Nolde rasend sucht, haben andere schon erfunden. Sie haben sich Orte unterworfen.

⋆

Teltow II. Feiningers Welt, eine Ackerbürgerstadt, dahinter eine Kirche, ist Geometrie geworden. Das Rot mag für die Politik stehen, der Grundton ist Blau, Erinnerung an die Romantik und deren Verlangen nach Reinheit. Aber die reine Welt muss Kristall werden, kalte Fläche, denn das Lebendige existiert nur als Mischung. Teltow II ist deshalb ein Todesbild. Hier gibt es keine Menschen, die Häuser schweigen, dunkle Häuser, die wie Mausoleen wirken; als müsste die Welt vom Menschen befreit werden, um Erlösung zu finden. Feininger verkündet das Eis. Die Häuser auf der rechten Seite, die wie Wachtürme oder Gefangenentürme aussehen, bestehen aus Eis. Auf der linken Seite sind die Häuser verschwunden, etwas Braun ist zu sehen, vielleicht Erde, und wieder Rot. Und über allem ragt die Kirche, bewacht die Häuser. Mit Dreiecken flieht sie nach oben, aber der Himmel fällt auch mit Dreiecken nieder, wie mit Flugzeugen, mit schrägen Blitzen aus Licht. Er fällt auf die Häuser. Hier ist alles Bedrohung, Teltow II, die Utopie ist Überwachung geworden, man hätte es sehen können, aber Feininger und die anderen sahen nicht den Schrecken, nur die Verheißung von Teltow II.

⋆

Vision, Barlach, zweiteiliges Holzrelief aus Eiche, 1912. Was bedeutet dieser schwere Mann, in ein Laken gehüllt, wie in ein Leichen-Laken, der einer schwangeren Wolke gleicht? Über einer Frau, die schlafend zurückgesunken ist, als würde sie von einem Magneten gezogen. Ein zweiter, ebenfalls sehr kräftiger Mann ist zu sehen, von einem Mantel umschlungen, gegen den Sturm gewendet, der hier offenbar weht. Und in diesem Sturm sind die Menschen Wogen geworden, erdbraun, ergriffen und geformt vom Sturm, Erdwogen. Barlach hat an das Schwere geglaubt, leicht durfte der Mensch nicht leben, er musste Gewicht haben. Und das Sein? Das Sein besteht aus Eiche. Außerdem hat es klobige Hände. Wenn man sich hier im Keller umsieht, unter diesen Figuren, den schweren Heiligen, den zarten Schwestern und Dämonen, fällt auf, wie unerotisch diese Leute sind. Der Glaube steht gegen die Welt, und Barlachs Figuren haben runde Hinterköpfe, große Knie, Wucht und Massigkeit, mit der sie erdrücken. Dabei gibt es andere Wege für eine Kunstreligion. In der Renaissance hat das Heilige die Welt überwunden, aber es stieg aus der Welt empor, leicht, weil sich die Welt nicht im Besitz des Feindes befand. Zeichen, Farben und Formen, mit denen man lebte, konnten Partikel der Erlösung werden, wie Schwalben emporschießen. Urbanität, wo der Maler die himmlische Stadt aus der irdischen entwickelt und von der einen in die andere wechseln kann. Die Kunstreligion des deutschen Expressionismus ist grollend, engherzig und unfrisiert.

⋆

Jawlenskys *Ikone* glüht aus sich selbst, endogen. Sie leuchtet von innen, glüht vor sich hin, blau und ekstatisch, hat ihren Gott verloren, und da ist kein Spalt mehr im Bild, durch den die Hitze entweichen könnte, keine Gnade. Die Ikone muss sich selbst beweisen, durch ihr Glühen. Bilder von Visionären, die den Sturm des Glaubens malen. Andere werden direkter, greifen zu, erfinden den Sturm des Bürgerkriegs. Denn leicht war die Moderne nicht zu überwinden, sie hatte schon feste Wurzeln geschlagen, die ausgerissen werden mussten.

*

Stützen der Gesellschaft. George Grosz malt nicht Menschen, sondern Typen, die freigegeben sind, verschwinden sollen. Die Linie ist nicht individuell, aus ihr wachsen – Feinde! Brecht konnte ihm schreiben, dass er die Elite der Menschheit als faktische Schweine vorführe. Wie im Neuen Testament die dunklen Seelen in die Schweine fahren. So hat Grosz die Menschen entseelt, ihre Köpfe geöffnet, um zu zeigen, was darin steckt: dampfende Scheiße, Träume der Gewalt. Die Blässe der unterlaufenen, geäderten Gesichter zeigt, dass der Tod in ihnen steckt, der Maler hat sie verstümmelt: das Kapital, die Presse, die betrunkene Kirche. Hier ist das Böse nicht, wie in der alten Religion, über die Schöpfung verteilt, sondern in eine Gruppe gefahren, dort konzentriert, zusammengeballt: Bürgerkriegsmalerei. Sie sollen Tiere werden, mit bleckenden Zähnen wie der Geistliche, einem Maul wie der Bourgeois, mit den großen Unterkiefern der Soldaten. Der Pressemensch hat einen Nachttopf auf.

*

Conrad Felixmüller zeigt, wie *Otto Dix malt.* Dix malt wild und gefährlich, aber die Verschärfung ist hier so weit getrieben, dass sie umkippt, in den Witz. Dix steckt voll geballter Kraft, weist zahlreiche Muskelstränge auf, scheint eher zu boxen, als zu malen: massige Bizeps. Im Zentrum das Gesicht: dunkel eingefärbt; militant die Föhnfrisur. Der Kopf ähnelt einem Stier, dicke Lippen, wilde Brauen. Man denkt an den Minotaurus, so wütend sieht Dix aus, aber man kennt den Grund nicht. Rechts wirbelt alles, was er malt, durcheinander, die ganze Welt. Vor allem aber eine rosa-nackte Frau, die vor seinen geballten Muskeln erschrickt und eine Bewegung macht, als ob sie salutieren wolle. Dix räumt ab.

*

Kriegsbilder. Die Darstellungen des Krieges sind als Schreckensbilder bezeichnet worden, als Ahnungen des Unheils, Zeugnis des Leidens. *Apokalyptische Landschaft,* von Ludwig Meidner. Vor dem Krieg gemalt, deutet ihn das Bild, und dabei geht der Maler typologisch vor: Immer wieder muss es in der Geschichte zu großen Reinigungen kommen, wie in der Apokalypse geschildert. Wahrheit geht aus Kontrasten hervor, Meidner setzt Blau gegen Ockergelb. Untergang und Chaos gebären das Neue, und deshalb malt Meidner nicht nur das Meer, sondern auch den Feuersturm blau. Der sterbende Mensch im Vordergrund trägt Geschwüre an sich, er steht für die Welt der Fäulnis, für die moderne Stadt, für Babylon. Aber in ihm steckt auch der leidende Christus, der sich als Opfer bringt, und an das Opfer haben die Expressionisten geglaubt. Doch sie wussten nicht mehr, wem das Opfer zu bringen sei, und übrig blieb ein Opfer an sich. Sturm und Feuer fegen durch das Bild, und darin steckt noch ein anderer Gott: Dionysos, der den Rationalismus zur Seite fegt und die Institutionen verbrennt. Was die Moderne getrennt hat, wird in der Endzeit vom Meer und vom Feuer wieder vereint, und nach dem Ende des toten alten Menschen im Vordergrund werden neue Menschen entstehen – zu sehen sind sie noch nicht, in der abrutschenden Welt, auf der verbrannten Erde, zwischen den Ruinen. Erst müssen die Lichtbündel aus dem Himmel das Werk vollenden. Auf der Rückseite dieses Bildes befindet sich ein Werk mit dem Titel *Revolution.* Da ist ein Fahnenträger aus dem Chaos-Meer hervorgestiegen. Denn bei der Auflösung, die man überall in der Nationalgalerie sieht, beim Zerfließen bleibt es nicht; aus den Elementen wird neu konstruiert.

*

So entsteht *Herwarth Walden,* Bronzebüste. Ein Kopf, der von Ecken und Kanten bestimmt ist. Auch er gehört zur kämpfenden Kunst. Ein Rhythmus geht durch ihn hindurch, steuert die Form. Die Augenhöhlen nehmen das halbe Gesicht ein, die Ohren weisen eine eigenwillige Klappenform auf. Nietzsche hat den Menschen eine Konstruktion genannt. Seine Bestandteile soll er erfinden, so weit es geht, die Natur modellieren. Aber auch hier gibt es verschiedene Wege. Entwirft man sich selbst oder glaubt man, auch andere Menschen entwerfen zu müssen? Ein anderer Unterschied liegt darin, ob man sich als Vielheit begreift oder auf eine Substanz zurückführen will. Die Menschen haben sich zerspalten, schreibt Nietzsche, und die Gesellschaft, in der sie agieren, nach innen verlegt. Der Rückzug in ein ursprüngliches Selbst ist nicht denkbar: »Nicht nur Gott, sondern alle Wesen, die wir anerkennen, nehmen wir, selbst ohne Namen, in uns hinein: Wir sind der Kosmos, soweit wir ihn begriffen oder geträumt haben. Die Oliven und die Stürme sind ein Teil von uns geworden, die Börse und die Zeitung ebenso.« Aber in der Nationalgalerie sind keine Oliven zu sehen, und die Börse und die Zeitung stammen vom Teufel, sie werden verflucht. Hier probt man Reduktionskunst.

⋆

Männlicher Kopf aus poliertem Holz. Dieser Kopf ist konsequent. Das Gesicht ist getilgt. Die Vorderseite: gerundete Fläche, glänzend. Das Leiden an der Individuation ist getilgt. Ewald Mataré hat diesen Weg gebahnt. Das ist zu sehen im Keller der Nationalgalerie: Köpfe, die in Teile zerlegt werden, um aus diesen Teilen eine Maschine zu errichten. Gestürzte Menschen, die stöhnen und knirschen, weil ihre Glieder als Gestänge einer neuen Kirche verwendet werden. Menschen, die Pflanze, Gestein und Wolke werden, vom Bewusstsein erlöst. So beginnt es zu tagen, hat man gedacht.

Was die Achtundsechziger mit dem »Tod der Literatur« eigentlich gemeint haben

Rechtfertigung

Es waren entschlossene Zeiten, jedenfalls rhetorisch, die Worte klangen bestimmt, und die Dinge standen fest auf ihrem Platz: »Eine revolutionäre Literatur existiert nicht. Für literarische Kunstwerke läßt sich eine wesentliche gesellschaftliche Funktion in unserer Lage nicht angeben. Wer Literatur als Kunst macht, ist damit nicht widerlegt, er kann aber auch nicht mehr gerechtfertigt werden.« So konnte man im berühmten »Kursbuch« Nr. 15, November 1968, schreiben. Hans Magnus Enzensberger bestimmt das Verhältnis von Literatur und Gesellschaft, stellt fest, was existiert und was nicht existiert.

Folgende Fragen sind zu stellen: Was ist mit jener »wesentlichen gesellschaftlichen Funktion« gemeint, die in der Gegenwart fehlt? Worin könnte sie bestehen? Das Wort »wesentlich« erhebt ja einen starken Anspruch, mit irgendeiner Funktion ist es nicht getan. Auch die Zeit- oder Raumangabe »in unserer Lage« ist nicht ganz klar. Gab es einmal eine Lage, in der Literatur eine »wesentliche« Funktion hatte, oder gibt es diese Lage an einem anderen Ort im Jahr 1968? Wirklich rätselhaft ist die Aussage, dass einer, der dichtet, zwar nicht »widerlegt«, aber auch nicht mehr »gerechtfertigt« werden kann. Da stellt sich die grammatische Frage: Von wem denn widerlegt? Von wem denn gerechtfertigt? Rechtfertigung ist ein merkwürdiger Begriff, der in eine scheinbar andere Welt gehört, aus einem anderen Kursbuch stammt. Im »Römer«-Brief des Paulus heißt es, dass durch die Gerechtigkeit des Einen, also durch Jesus Christus, für alle Menschen die Rechtfertigung gekommen ist, die zum Leben führt.

Vielleicht lassen sich solche unklaren Stellen und vielleicht lässt sich die um 1968 geführte Debatte um den »Tod der Literatur« verstehen, wenn man weiter zurückblickt. Die Auseinandersetzung um die Bedeutung von Kunst in der Moderne hat eine lange Geschichte, in der sich Vergleichbares findet. »Tod der Literatur« – *war da nicht mal was?* Ja, da war mal was, nämlich Hegel, Hegels »Ästhetik«. Dort heißt es, dass sich der »weiterblickende Geist« der Gegenwart, also der Geist des Fortschritts, den ja auch Enzensberger anruft, von der Kunst abgewendet habe. Zwar gibt es noch jede Menge Kunst, aber ihre Form, so Hegel, »hat aufgehört, das höchste Bedürfnis des Geistes zu sein. Mögen wir die griechischen Götter noch so vortrefflich finden und die Darstellungen der mittelalterlichen Malerei von Gottvater, Christus, Maria noch so würdig und vollendet – es hilft nichts, unser Knie beugen wir doch nicht mehr.« Hegel sagt damit, dass wir nicht mehr an Kunstwerke glauben, dass sie für uns keine Wahrheit mehr darstellen. Sie haben keine »wesentliche gesellschaftliche Funktion«, wie Enzensberger es nennt, keine Funktion, durch die der Künstler

»gerechtfertigt« wäre. Bei Hegel allerdings ist diese Diagnose in eine große Geschichtsschau gebunden, wird deutlich, dass die Lage der Kunst einmal anders war. Seine Diagnose trifft Kunstwerke unter den Bedingungen der Moderne. Früher hat man an die Kunst geglaubt, den Geist und das Knie vor Statuen und Fresken gebeugt.

Was heißt Moderne, und was wird damit anders? So anders, dass wiederholt Philosophen und Künstler auf die Idee gekommen sind, mit der Kunst sei es vorbei, die Literatur gestorben? Die Historiker lassen die Moderne in der zweiten Hälfte des 18. Jahrhunderts beginnen, in jener Zeit, als sich die alteuropäische, die nach Schichten geordnete Gesellschaft auflöst. Jetzt entsteht eine Gesellschaft, in der einzelne Funktionssysteme nebeneinander existieren; sie folgen eigenen Gesetzen: das System der Politik oder der Wirtschaft, des Rechts – und die Welt der Kunst. In der alteuropäischen Gesellschaft, die hierarchisch gegliedert war, existierte eine zentrale Wahrheit, jedenfalls dem Anspruch nach, und die Bewohner der Ordnung waren an sie gebunden. Diese Wahrheit war metaphysisch, auf sie musste sich die Politik berufen, der Herrscher glaubte daran, natürlich nur im Prinzip, sie prägte das wahre, das überzeitliche Recht, und von ihr sprachen die Werke der Kunst.

Ein Autor des 17. Jahrhunderts ist noch Teil dieser alteuropäischen Welt. Wenn Andreas Gryphius ein Sonett schrieb, war er natürlich Künstler, und das Sonett musste gut werden – nicht zu stark die Zäsuren und nicht zu schwach. Aber er sprach von einer Wahrheit, die für alle Menschen und zu allen Zeiten gültig war:

Kunst und Religion waren noch verbunden. Wenn er Bilder aus der Natur verwendete, dann sollten sie dem Wissen seiner Zeit über die Gesetze und Formen der Natur entsprechen: Kunst und Wissenschaft waren noch nicht getrennt. Wenn seine Gedichte gelesen wurden, wenn er Erfolg hatte, konnte er hoffen, von seinem Fürsten belohnt zu werden, konnte an den Hof, das Zentrum des Landes gelangen: Kunst und Politik ließen sich verbinden, auch in Lobgedichten.

Die so verfugte Ordnung löst sich mit der Moderne des 18. Jahrhunderts auf. Die zentrale Rolle der Religion geht im Prozess der Säkularisierung verloren. Es entsteht eine Gesellschaft, in der verschiedene Formen der Weltdeutung nebeneinander existieren. Die Politik löst sich von überzeitig gültigen Gesetzen und entdeckt die Möglichkeit, Gesellschaften zu konstruieren, in denen die Macht verteilt ist. In Frankreich köpft man am Ende des Jahrhunderts den König. Ähnliche Vorgänge finden im Bereich der Wirtschaft, des Rechts, der Wissenschaft statt. Auch hier bilden sich autonome Systeme, wie sie der Soziologe und Philosoph Niklas Luhmann beschrieben hat, entstehen Teil-Ordnungen und Teil-Wahrheiten.

Auch die Kunst verändert sich. Schiller und die Romantiker entwickeln die Idee der künstlerischen Autonomie. Die frei werdende Kunst darf, so kann man es umschreiben, machen was sie will, wenn es nur Kunst ist, und die Leute gewöhnen sich daran, sie ästhetisch zu bewerten. Ganz neue Möglichkeiten tun sich auf. Die Literatur kann jetzt, wie der junge Goethe, an den Göttern rütteln, sie darf, wie der junge Schiller, den Landesherren attackieren. Die Romantiker beschreiben eine Natur, die mit der sichtbaren nicht viel zu tun hat. Natürlich gibt es Konflikte: Die Kirche liest Goethe und ärgert sich, weil sie weiß, dass mit Zeus auch der christliche Gott gemeint ist. Schiller wird von seinem Herzog in Arrest genommen. Zwischen Naturwissenschaft und Literatur entstehen Spannungen um die richtige Deutung der Natur. Die Dichter kämpfen gegen Newton. Doch das ändert sich mit der Zeit, denn das Bewusstsein der Unabhängigkeit wächst. Friedrich Schlegel hatte es mit starken Worten erklärt: »daß die Kunst frei ist«; ihr einziges Gesetz sei dieses, »daß die Willkür des Dichters kein Gesetz über sich leidet«.

Aber dieses Gesetz hat eine Kehrseite, und mit dieser Kehrseite kommt man zu Hegel und den Nachfolgern. Wenn die Kunst frei ist, könnte das auch heißen, dass sie frei von Bedeutung ist, frei von Wahrheit und frei von Folgen. Sie muss, wie Enzensberger sagt, ohne »wesentliche gesellschaftliche Funktion« auskommen. Niemand glaubt an sie und zittert, sie ist nur noch schön oder erhaben, aber nicht mehr wahr und gerecht. Wenn ein Steinmetz an einer Kathedrale die Figuren des Alten und Neuen Testaments aus dem Stein schlug, dann konnte ihm das gut oder nicht so gut gelingen, aber er hämmerte für die Wahrheit, er meißelte und wusste, dass die Gläubigen, die jungen Frauen beim Eintritt in die Kirche zu seinen Figuren aufblicken würden. Auf der linken Seite stehen die törichten Jungfrauen, die nicht das Himmelreich erlangen, gegenüber die klugen, mit denen der Bräutigam zur Hochzeit hineingeht. Der Steinmetz war angeschlossen an den Strom der Wahrheit und war als Bildhauer, wie man heute sagen könnte, für die mentale Strukturierung der Gesellschaft zuständig. Natürlich wollte er originell sein, besser als seine Vorgänger, kühner als der Kollege am anderen Tor, und natürlich war er eitel. Aber diese Eitelkeit war aufgehoben in der Wahrheit, denn wenn ihm die Darstellung der Jungfrauen besonders gut gelang, war auch die Wirkung auf die Gläubigen stärker. Wenn die törichten Jungfrauen richtig gemein und entsetzt aus ihrem Stein schauten, würde das die eintretenden Mädchen mit den sündigen Gedanken abschrecken: Wer will bei der himmlischen Hochzeit so dastehen?

Wie anders der moderne Künstler. Sitzt auf irgendeiner Stipendien-Burg am Bildschirm, erfindet da ganz neue, unerhörte Dinge. Die hat noch keiner gefühlt. Aber auch er fühlt sie nur in gewissen Abendstunden, nach drei Wochen Dosenessen. Seine Freunde, die er fragen könnte, haben zu tun; sie schreiben Romane. Von seinem Landesherren erhält er einen Förderpreis – oder auch nicht, denn der neue Typ aus München ist dabei, die Stellung des angesagtesten Avantgardisten zu übernehmen, man muss was Neues bringen. Vielleicht Netz-Kunst! Und das Laufrad der modernen Kunst dreht sich, durch den Tag, durch die Nacht und wieder durch den Tag.

So kann verständlich werden, warum die moderne Kunst zwischen entgegengesetzten Reaktionen auf die Autonomie schwankt. Nämlich zwischen dem Ausruf: »Ich bin ein freier Mann und singe« – und der Klage über die gesellschaftliche Irrelevanz ästhetischer Produkte unter den Bedingungen der Warenwelt. Damit lässt sich auch die zitierte Äußerung Hegels verstehen, dessen Ästhetik ja die erste große Zusammenschau der Moderne bildet. Wenn Hegel vom Ende der Kunst spricht, meint er nicht, dass es keine Kunst mehr gebe. Er hat die Qualitäten der Kunst seiner Zeit zu sehen und zu hören gewusst. Ausdrücklich spricht er von der Hoffnung, dass die Kunst immer mehr steigen und sich vollenden werde – aber sie hat aufgehört, »das höchste Bedürfnis des Geistes zu sein«, man beugt die Knie nicht mehr vor ihr. Darin schlägt sich die Einsicht in die Autonomie, in die Partikularität der Kunst nieder. Sie ist frei, ein Teil der Welt, aber ohne Anschluss an das Zentrum, weil es kein Zentrum mehr gibt. Sie bildet nicht mehr die Wahrheit ab, sondern schafft Wahrheiten.

Kann man damit leben? Man kann das Beste daraus machen, denn die freie Kunst kann ihre Möglichkeiten frei entwickeln, ganz neue Formen schaffen. Man kann die Kunst loslassen, entfesseln. Oder man bindet sie an. Denn wer an der Autonomie leidet oder die Einsamkeit nicht erträgt, wer ein schlechtes Gewissen hat, weil die anderen mit der Revolution beschäftigt sind und er selber Romane schreibt – der wird versuchen, der Freiheit der Kunst zu entkommen. Also wird ihr eine Funktion für einen anderen, wie man glaubt, zentralen Bereich der Gesellschaft zugeschrieben. Im 19. und 20. Jahrhundert ist es vor allem die Politik gewesen, an die man die Kunst gebunden hat. Die Wahrheit der Politik verhalf der Kunst zur Heteronomie. Mit einer utopischen Zukunft erhielt sie jenen Fixpunkt zurück, den sie mit der Modernisierung verloren hatte. Sie hatte nun eine Aufgabe in der Geschichte, und wer jetzt revolutionäre Stücke für das neue

Theater schrieb, konnte sich fühlen, jedenfalls ein wenig, wie der alte Steinmetz. Wieder wurden Figuren geschaffen, zu denen die Gläubigen aufblicken sollten.

In der Moderne gibt es einen immer währenden Streit zwischen den Verfechtern der Freiheit der Kunst und ihren Gegnern. Diese sehen das »Ende der Kunst« gekommen, wenn sie nicht eine Mission erfüllt, ein politisches, wissenschaftliches oder religiöses Ziel vor Augen hat. Die Auseinandersetzung findet auf unterschiedlichem Niveau und mit unterschiedlicher Eleganz statt. In der ersten Hälfte des 19. Jahrhunderts, kurz nach Hegel, kommt es zu einer ersten großen Fehde, zwischen Heinrich Heine und Ludwig Börne. Börne will eine Botschaft sehen. Sie muss gut verständlich sein, und deshalb dürfen die Werke nicht zu kompliziert geraten – oder zu schön, denn das könnte ablenken. Aber als Heine nach Paris kommt, besucht er nicht zuerst die großen Stätten der Revolution, sondern sieht sich den Manessischen Codex der Minnesänger an. Er hatte eine Schwäche für Walther von der Vogelweide. Politisch unzuverlässig fand Börne das, wie Heine ohnehin mit den Inhalten der Dichtung nur spiele, alles sei ihm gleich heilig, wenn der ästhetische Effekt nur zünde. Börne klagt die Willkür an, mit der Heine »die wohlklingenden Worte in der Spitze seiner Feder zu Papier bringt«, von Moden ist die Rede und natürlich von Beliebigkeit. Die Gedanken eilen hin und her und wollen sich nicht festlegen: »Heine ist oft so ungeduldig und eilig sich selbst zu widersprechen und seinen ursprünglichen Gedanken für ungültig zu erklären, daß er sich nicht die Zeit nimmt, ihn zu vollenden, und indem er sich selbst das Wort abschneidet, sogleich die entgegengesetzte Meinung anführt.« In seiner Antwort stellt Heine den Angreifer in eine Reihe mit Jesuiten und Jakobinern, mit Gruppen, die sich im Besitz der Wahrheit wähnen, einer religiösen, einer politischen, und Kunst nur dann ertragen, wenn sie Instrument ist, der Indoktrination dient. Ästhetisches Gelingen ist ihnen verdächtig, denn Kunstwerke entwickeln eine Eigendynamik, die den Leser oder Betrachter über die Inhalte hinausführt, hin zum selbst- und wahrheitsvergessenen Genuss. Ästhetische Symbole weisen eine Fülle von Deutungsmöglichkeiten auf, sind nicht festlegbar, nicht auf Begriffe zu bringen, sie bedeuten etwas, aber man weiß nicht genau, woher sie kommen, wohin sie wollen; Börne fordert feste Buchstaben. Den Streit mit Heine kann man bequem nachlesen, die Dokumente sind in einem Band versammelt: »Heinrich Heine und Ludwig Börne. Ein deutsches Zerwürfnis«, herausgegeben von einem späteren Streiter, Hans Magnus Enzensberger.

Freiheitsangst

Nach der Lektüre der Vorläufer wird deutlich, dass im Jahr 1968 der Streit um die Stellung der Kunst in der Moderne, der immer währende Kampf um Autonomie und Heteronomie erneut aufbricht. Und die Metapher vom »Tod der Literatur« lässt sich vor diesem Hintergrund als überdramatisierende Reaktion auf die Einsicht in die Bedingungen der modernen Gesellschaft begreifen. Müsste aber nicht dieser Streit, der am Ende des 18. Jahrhunderts ausgebrochen ist, eigentlich längst erledigt sein? Er schwelt weiter, weil die Veränderungen, die am Beginn der Moderne stehen, nicht mit einem Schlag einen neuen Zustand schaffen. Modernisierung als andauernder Prozess vollzieht sich in Schüben, und immer wieder, wenn solche Schübe eintreten, wird über die Modernisierung debattiert und wird auch das Leiden an der Moderne ausgedrückt.

In dieser Weise kann man die Ereignisse des Jahres 1968 deuten. Denn im westlichen Teil Deutschlands kommt es in den fünfziger und sechziger Jahren mit der Etablierung einer bürgerlichen Gesellschaft, mit der Parlamentarisierung der Politik, der Durchsetzung der Marktwirtschaft, mit der Individualisierung und dem Verlust hergebrachter Milieus zu einem erneuten Modernisierungsschub. Darauf reagiert in den späten sechziger Jahren das intellektuell-ästhetische System, indem es erneut die Bedingungen der differenzierten, der bewegten Gesellschaft reflektiert – und sich gegen sie wendet. Das geschieht in den »Kursbüchern« des Jahres 1968 direkt politisch; wenn Oskar Negt die »Ausdifferenzierung der Sphären« als zentrales Merkmal bürgerlicher Gesellschaften begreift und zum Kampf dagegen aufruft. Vor allem aber wird aus der Sicht der Kunst argumentiert, deren Partikularität man aufheben möchte, die mit der Politik kurzgeschlossen, auf eine revolutionäre Wahrheit verpflichtet werden soll. Denn mit dem Ende der modernen Wahrheitsteilung wäre der Künstler wieder »gerechtfertigt«. Enzensbergers anfangs genannte »Gemeinplätze, die Neueste Literatur betreffend« sind vor diesem Hintergrund zu verstehen.

Denn Enzensberger benutzt zwar andere Begriffe, aber seine Überlegungen beschreiben die Situation der autonom gewordenen Kunst. Schon im 19. Jahrhundert sei die Bedeutung von Literatur für die Gesellschaft zurückgegangen, und heute »liegt die politische Harmlosigkeit aller literarischen, ja künstlerischen Erzeugnisse überhaupt, offen zutage: schon der Umstand, dass sie sich als solche definieren lassen, neutralisiert sie«. Ihr utopischer Überschuss, sagt er, sei zum »bloßen Schein« verkümmert. Mit gegenwärtigen Begriffen heißt das: Es existiert ein System, das sich mit Kunst beschäftigt und mit Politik wenig zu tun hat. Alles, was zu dieser Welt gehört, sich als ihr Erzeugnis »definieren« lässt, wie Enzensberger sagt, wird als Kunst wahrgenommen und damit politisch »neutralisiert«. Der ästhetische Bereich hat die Aufgabe, »Schein« hervorzubringen, wie Enzensberger sagt, eine Welt mit eigenen Gesetzen und Akteuren zu erzeugen. Das kann man schön finden, wenn man in dieser Welt leben möchte, weil man sie für erträglicher hält, für besser als andere Welten. Man kann auch dagegen anschreiben. Im Jahr 1968 wünscht man sich, dass die Kunst einem Gesetz gehorcht, das für alle Teile der Gesellschaft gilt, vor allem für Politik und Wirtschaft; man träumt vom alten Europa.

Im Gegensatz zu seinen Mitstreitern ist Enzensberger bewusst, dass er sich auf eine lange Debatte bezieht. Er geht auf die Surrealisten und deren Zwiespalt ein: Sie verschreiben sich »rückhaltlos der Sache der kommunistischen Weltrevolution« – und wollen doch an der »Autonomie der literarischen Kriterien« festhalten. Ihre Berufung auf Gesetze der Form nennt

Enzensberger technokratisch, um den Vorwurf anzuschließen: »Deshalb bleiben ihre Produkte mehrdeutig.« Wie schön, kann man darauf antworten – und schon spielt das alte Lied: von der Schönheit und der Sehnsucht nach *einer* Wahrheit, die sich abstoßen und suchen und nicht zueinander können. Das alte Lied, Börne hatte Heine vorgeworfen, dass er sich nicht festlegen lasse. Effekte waren ihm heilig, nicht der Fortschritt. Wie ein Echo klingen bei Enzensberger daher jene Begriffe, die nun einfach kommen müssen. Eine Kunst, die sich nicht verpflichten will, verfällt der »Unbestimmtheit«, dem »Zufall«, der »Beliebigkeit«. Das Schöne an sich ist sündig. Der Künstler will gerechtfertigt sein. Der alte Steinmetz konnte vor und nach seiner Arbeit ein Gebet sprechen.

Heteronomie ist das Ziel der Literaturrevolte des Jahres 1968. Enzensberger spricht es deutlich aus. Am Anfang seiner Überlegungen heißt es: »Wenn die intelligentesten Köpfe zwischen zwanzig und dreißig mehr auf ein Agitationsmodell geben als auf einen experimentellen Text, wenn sie lieber Faktographien benutzen als Schelmenromane, wenn sie darauf pfeifen, Belletristik zu machen und zu kaufen: Das sind freilich gute Zeichen.« Allerdings gibt er zu, dass eine eigentlich revolutionäre, nicht mehr bürgerliche Kunst noch nicht existiert. Alle Versuche in diese Richtung seien doch immer Kunst geblieben, was den Außenstehenden kaum verwundert. Die Politik findet an anderen Orten statt. Schließlich nennt Enzensberger doch Beispiele, um jene Schriftsteller aufzumuntern, die sich nicht mit »Harmlosigkeit« zufrieden geben. Er beginnt mit Börne, das ist gute Tradition; nennt dann

Rosa Luxemburg, von der eigentlich ästhetische Leistungen kaum bekannt sind; in der Gegenwart fallen ihm Günter Wallraff und Ulrike Meinhof ein. So befremdlich, wie diese Beispiele klingen, sind sie gar nicht. Sie zeigen die logische Gefahr einer Rücknahme der Autonomie der Kunst, die Gefahr, dass sich mit der ästhetischen Freiheit und dem Schein noch etwas anderes verflüchtigt, nämlich die Kunst. Derartige Produkte können in einer bestimmten Situation zwar einigen Wirbel verursachen, weil sie »wahr« sind, zahlen aber dafür einen hohen Preis. Sie sind, Beispiel Wallraff, keine Kunst und verlieren in anderen Zeiten mit anderen Wahrheiten ihren Reiz. Konsequenter ist es daher womöglich, das System zu wechseln und die westliche Moderne mit anderen Mitteln zu attackieren, wie Ulrike Meinhof. Dass diese Möglichkeit besteht, spricht für den gegen-modernen Charakter der Debatte um das Ende der Literatur und zeigt, dass sich hinter manchen Beiträgen der Wunsch nach einer anders organisierten Gesellschaft verbirgt, nach einer vom Himmel kommenden Wahrheit, die Staat wird.

Ein überwiegend lustiges Gespräch

Vielleicht lohnt es sich, noch etwas weiter in die Mentalitätsgeschichte des Protests einzudringen. Gültigkeit hat ja zur Zeit die Behauptung, dass mit dem Jahr 1968 ein Demokratisierungsschub für die Bundesrepublik verbunden sei. Im »Kursbuch« findet sich dazu ein interessantes Gespräch, das man mit einem leichten Gruseln lesen kann. Aber es hat auch sehr viele komische Züge. Es trifft sich mit der Debatte um den Tod der Literatur, weil es um Eindeutigkeit und Mehrdeutigkeit geht. Teilnehmer im Oktober 1967 sind Rudi Dutschke, Bernd Rabehl, Christian Semler und Hans Magnus Enzensberger.

Zunächst fällt auf, dass die Gruppe entgegen ihrem Emanzipations-Anspruch in merkwürdiger Weise an Autoritäten orientiert ist. Besonders Dutschke verwendet ständig Formeln wie: »Marx sagt«, was offenkundig genügt, um eine Aussage zur wahren Aussage werden zu lassen. An die Stelle dieser Wendung kann auch die Formel treten: »mit Hegel, also vormarxistisch kann man sagen«. Auch das reicht noch für einen, wenn auch nur vormarxistischen Beweis. Ebenfalls den Status der Heiligkeit weisen Lenin und die Pariser Kommune auf. Der Verweis auf sie erledigt Probleme der Gegenwart oder Zukunft, wie jenes der Kriminalität. Frage: »Wie wird die neue sozialistische Gesellschaft mit der Kriminalität umgehen?« Antwort Semler: »Mit der Proklamation der Pariser Kommune am 18. März ist die Kriminalität schlagartig zurückgegangen«, worauf Dutschke einfällt, wie ein *Ich-weiß-noch-mehr-Schüler*: »Man fand keine Toten mehr auf den Straßen. Die Prostituierten verschwanden nach Versailles.« Deutlich lassen sich hier die pastoralen Prägungen Dutschkes erkennen, aber es geht zunächst noch um die Pariser Kommune, die am Ende des Gesprächs, wo sich die komischen Züge häufen, noch einmal als Autorität zitiert wird.

Im Stil von Avantgarden steigert man sich in eine Bürgerkriegssituation hinein, in der das sozialistisch befreite Berlin von der Bundesrepublik mit einer Blockade abgeschnitten wird. Enzensberger stellt die Frage, wie man sich gegenüber der feindlichen Außenwelt zu verhalten habe: »Wie stellt ihr euch die Lösung dieser Probleme vor?« Dutschke: »Wie hat die Pariser Kommune sie gelöst? Sie hat damals schon, ohne Flugzeuge, die Blockade durchbrochen.« Diese Antwort irritiert, denn was heißt: »damals schon ohne Flugzeuge«? Soll das bedeuten, dass die Revolutionäre des Jahres 1968 ebenfalls ohne Flugzeuge auskommen und die Blockade auf dem Landweg durchbrechen werden; oder ist es Beweis dafür, dass man *mit* Flugzeugen, welche der Kommune fehlten, die konterrevolutionäre Bedrohung umso sicherer überwinden kann: Rudi, Magnus, Christian und Bernd in einer alten Ju 52, siegreich die westdeutschen Blockadearmeen überfliegend; die Vier von der Revolution? Allerdings spricht Dutschke von »durchbrechen« – sind also Kampfflugzeuge gemeint und Luftkämpfe mit dem Roten Rudi am Steuerknüppel? Jedenfalls ist diese Passage geeignet, Enzensbergers an früherer Stelle geäußerte Klage: »Es fehlt der gesellschaftliche Pilot, es ist kein Lotse da«, die man erstaunt gelesen hatte, zu klären. Keiner von der Viererbande hat einen Flugschein, und mit der Navigation hapert es auch.

Neben der generellen Freude an Autoritäten fällt auf, dass die zitierten Größen dem 19. Jahrhundert entstammen. Was ist mit der theoretischen Basis der Achtundsechziger? Jene Denker, die sich für die Avantgarde der Bundesrepublik hielten, arbeiten mit Theorien, die mit den Gesellschaften des 20. Jahrhunderts kaum etwas zu tun haben. Es handelt sich um eine verspätete Intelligenz, die alle neueren philosophischen und gesellschaftlichen Diskurse ignoriert hat, um sich dem Phantasma »Revolution« hingeben zu können, einem Stück, in dem man eine interessante Rolle zu spielen gedachte, die Hauptrolle.

Ein anderer Mythos: Die Achtundsechziger verkörpern Gewaltfreiheit, sind auf Frieden verpflichtet. Aber die Diskutanten reden den notwendigen Übergang zur Gewalt herbei. Dass es sich bei der friedlichen Regulierung von Konflikten um eine Errungenschaft der europäischen Zivilisation handelt, die aus Glaubenskriegen und Bürgerkriegen stammt, hat man im »Kursbuch« vergessen. Besonders Rabehl zeigt Stärke und schwärmt von der »Sprache der Gewalt«, und Herr Semler assistiert. Manche Äußerungen verwundern sehr, bei einer Generation, die unter der faschistischen Vergangenheit ihrer Väter gelitten hat. Dutschke fragt: »Wie kann die Kommune ihre Probleme mit bestimmten Menschen lösen? Ohne eine Erziehungsdiktatur à la Marcuse, und ohne Gefängnisse?« Antwort Rabehl: »Wo es ganz klar ist, dass eine Umerziehung unmöglich ist, etwa bei älteren Leuten und bei bestimmten Verbrechern, da sollte man den Betreffenden die Möglichkeit geben, auszuwandern.« Vielleicht nach Madagaskar.

Zwischen einer gewissen Naivität und nicht besonders sympathischen Ordnungsvorstellungen bewegen sich die Ideen vom Funktionieren moderner Gesellschaften. Im Stil einer Schulklasse wird losphantasiert, Thema: »Wie stellen wir uns die ideale Gesellschaft vor?« Berlin wird in Kollektive aufgeteilt, jeweils mit drei-, vier- oder fünftausend Menschen, die zu einer Fabrik gehören und dort auch wohnen.

Gleichzeitig dient die Fabrik auch – Wiedervereinigung der Moderne! – als Schule und Universität. Eine Fabrikbesetzung im Italien des Jahres 1920 hält als Beispiel her. Im Zuge dieser Umstrukturierung werden die Familien aufgelöst, was einem vorgeblichen Wunsch der neuen Menschen entspricht. (Das ist auch anthropologisch naiv: eine Organisationsform, deren Wurzeln biologisch sind, nebenbei für auflösbar zu erklären.) Aber über Einwände, von welcher Seite auch immer, geht Rabehl locker hinweg, denn, so sein Argument, da die Revolution in den Metropolen stattfindet, ist alles möglich: »Man kann sich fast ausdenken, was man will, weil die Produktivkräfte es ja hergeben.«

Damit ist das geheime Motto des Gespräches benannt: »Man kann sich fast ausdenken, was man will«, und in diesem Zeichen geht es schwungvoll weiter, die Veranstaltung verwildert. Rabehl: »Wieviel Berufe hat denn der Mensch heute in Westberlin?« Dutschke: »Einen Beruf, wenn überhaupt.« Rabehl: »Du weißt, Mao spricht von vier Berufen: Arbeiter, Bauer, Soldat, Intelligenzler.« Dutschke: »Die Landwirtschaft können wir ganz abschaffen, auf die halbbäuerlichen Ansätze verzichten, um Land zu gewinnen für den Aufbau von Lebenszentren für die freie Zeit.« Rabehl: »Wenn es je gelingen sollte, die Arbeitszeiten so weit zu reduzieren, dann wird natürlich auch ein jeder zum Politiker werden. Es ist tendenziell auch ein jeder Künstler, wenn man sich erst einmal vom bürgerlichen Kunstbegriff befreit. Es ist wohl nicht jeder, der in einen Beatschuppen geht, ein Musiker; trotzdem steckt darin ein Überschuß, an dem jeder teilhat. Ich weiß nicht, ob die möglichen neuen Berufe alle schon Namen haben.« Semler: »Bestimmt nicht.« Nein, bestimmt nicht, darin sind wir uns einig, zahlreiche neue Berufe werden entstehen, die Spezialisierung wird dann abgeschafft sein, und damit nicht neue Expertenkulturen wachsen, werden die neuen Berufe so beschaffen sein, dass sie in drei Wochen erlernbar sind. Die tägliche Arbeitszeit wird auf etwa drei bis fünf Stunden reduziert – und an dieser Stelle wird das Gespräch wieder interessant, denn nun meldet sich die Stimme der Vernunft zu Wort.

Dutschke: »Die verkürzte Arbeitszeit kann zur völligen Beseitigung von Schichtarbeit, von Nachtarbeit führen.« Enzensberger, das ist die Stimme der Vernunft: »Das geht nicht, weil es Service-Funktionen gibt, die 24 Stunden am Tag nötig sind. Verkehrs-, Versorgungs- und Nothilfefunktionen werden 24 Stunden am Tag gebraucht.« Dutschke: »Das stimmt. Wir brauchen zum Beispiel Großküchen, die sich nicht durch Einfachheit auszeichnen, sondern hochentwickelte Bedürfnisse entfalten.« Enzensberger: »Die Kochkunst ist leider keine revolutionäre Kunst.« Semler: »In einer Zeitschrift aus den Jahren 1918/19, dem Arbeiterrat, gibt es einen Artikel über die Einführung des Rätesystems in der Großküche. Das wurde strikt zurückgewiesen, und zwar von der Räteredaktion selber.« Jeder wird zugeben, dass eine solche Passage tatsächlich ästhetische Qualität besitzt, hier ist eine Freiheit des Denkens, ein Delirieren erreicht, das wirklich auf eine von Sachzwängen befreite Gesellschaft verweist. Dieses dialogische Gelage antizipiert einen Zustand frei von Erdenschwere. Leider enden die kühnen Flüge mit mahnenden Schlussworten des Moderators Enzensberger, dem schon zuvor anzumerken war, dass er sich in diesem Gesprächskreis nicht immer wohl fühlte: »Unser Gespräch hat den Verlauf eines Zirkels genommen. Wir sind von Hypothesen ausgegangen, und wir sind bei einer Hypothese angekommen. Die Zukunftsvorstellungen, die unterwegs zum Vorschein gekommen sind, scheinen mir lückenhaft.«

Dieses lückenhafte Gespräch gibt aber Einblick in eine Mentalität. Diese Mentalität hat die Bundesrepublik, jedenfalls ihr intellektuell-ästhetisches Leben, lange geprägt. Man kann fragen, ob nicht im Jahr 1968 zum vorerst letzten Mal jenes gegenmoderne Denken aufflackert, das für die deutsche Intelligenz des 19. und 20. Jahrhunderts charakteristisch war. Dagegen scheint zu sprechen, dass die Mittel des Protestes, die Provokationen und Entblößungen, auch der Happening-Charakter, außerordentlich modern wirken, westlichen Vorbildern entlehnt sind. Wenn man aber bei der Betrachtung der Gegen-Moderne zwischen Mitteln und Zielen trennt, kann man erkennen, dass sich der Protest in seiner Geschichte immer modernerer Mittel bedient hat. Wo sich der Gegner, die moderne Gesellschaft, fortentwickelt, muss man, um Resonanz zu finden, um sich verständlich zu machen, die eigenen Waffen der Umwelt anpassen. Ansonsten landet man in einem abseitigen Konservatismus. Sowohl die Dadaisten als auch Ernst Jünger verachteten die Welt, in der sie lebten, aber sie erfanden fortschrittliche, kühne, moderne Mittel als Waffen gegen sie. Im Laufe des 20. Jahrhunderts ist hier eine erhebliche

Steigerung zu beobachten, und es ist nicht einmal auszuschließen, dass die Modernität der Mittel schließlich so stark wirkt, dass sie die eigentlichen Ziele überformt. Gleichwohl sind die Phantasien jener Intellektuellen, die 1968 auftraten, gegen-modern: die Zentrierung der Gesellschaft um eine Wahrheit, die Rücknahme der Differenzierung und Pluralisierung; auch diese merkwürdige Liebe zur Ordnung; damit gehört man in die Mentalitätsgeschichte des »Großen Reinemachens«. Gerade die Figur Dutschke mit ihrem spätreligiösen Wiedertäuferverhalten ist hier interessant. Das wäre ein weiterer Punkt, der bisher fast immer ausgeblendet wurde: die massiven religiösen Anteile im Protest, die sich zum Beispiel bei Marcuse in einer Sprachfärbung, einem Gestus zeigen, in dem die abendländische Religionsgeschichte mitklingt.

Aber das alles ist vorbei, und das Ende soll versöhnlich stimmen. Zur Versöhnung nehmen wir ein Gedicht, und damit schließt sich auch ein Kreis, denn es stammt von Enzensberger, der sich erinnert und die Vergangenheit aufhebt – in einer schönen, delirierenden Folge von a-Lauten:

Nie haben wir weniger Schaden angerichtet als damals,
da wir uns an langen Nachmittagen langsam betranken,
und waren nie harmloser, es sei denn im Schlaf,
als an den Tagen, die wir mit wirren Palavern hinbrachten;
schon am Abend vergaßen wir alles, was wir gesagt hatten.

Ja, das war sagenhaft, wie wir tagelang dasaßen,
üppig und vor lauter Selbstlosigkeit faul, und
sahen zu,
wie das, was uns gegeben war, verschwenderisch
sanft verschwand.

Kann man denn Trauben lesen von den Dornen?

Rede zur Verleihung des Kleist-Preises

Wann haben Sie das letzte Mal vor einem Kunstwerk der Gegenwart das Gefühl gehabt, es sei groß, interessant, wahr, sodass ein Schauder Sie ergriff, Sie es festhalten wollten in den Sinnen, bannen? Und Sie nannten es schön, und dabei sprach eine Stimme: Ja, das bin ich, das sind wir, das ist die Welt, heute – und Sie waren glücklich, vor einem Werk unserer Zeit? Eine andere Erfahrung ist vielleicht bekannter – ein ästhetisches Objekt wird erläutert, mit Begriffen erklärt, mit Kategorien, es wird gerechtfertigt, und man fühlt sich in seiner Empfindung genötigt, ja man wird durch Gründe und Grundsätze überredet, es gelungen zu finden. Und auch wenn man am Ende zustimmt und tapfer – »interessant« – murmelt, bleibt doch ein Gefühl des Mangels.

Mag sein, dass die Erwartung falsch ist. Vielleicht sind Schauder anachronistisch. Vielleicht kannten das Glück, beim Anhören einiger Lieder zum Beispiel, Schubert zum Beispiel, nur Bildungsbürger. Und Sie sind kein Bildungsbürger! Und die Welt ist zu abstrakt, um sie darzustellen, oder gar verschwunden, das Warten darauf ist vergeblich. Das ist die eine Möglichkeit; die andere: Es gibt ästhetisches Gelingen, es gibt jenes wunderlich aus Geist und Sinnlichkeit zusammengesetzte Geschmacksurteil, jenes Glück vor der Kunst, das man immer wieder versucht hat zu beschreiben und das nicht auf Begriffe zu bringen ist; das ist das Schöne daran. Kant hat es zu formulieren versucht, an den sich die beiden einleitenden Fragen ein wenig anlehnen. Vielleicht gibt es dieses Wissen und Gefühl des Schönen, vielleicht ist es zeitresistent, anthropologisch hart und hat mit Weltaltern nicht viel zu tun. Dann muss jede Zeit Formen und Mittel finden, um den Wunsch zu erfüllen, für sich, für die Gegenwart, für jene, die später kommen.

Das Thema ist der Mangel, ist das, was fehlt, ist die Kunst. *Was soll das, wozu,* sagen die Kritiker, *was soll das Gerede von und über Kunst? Der Geist weht, wo er will! – Aber verstockte Herzen schätzt er gar nicht!* Die These ist: Die Entstehung gelungener Kunst wird dadurch gestört, jetzt, heute, dass bestimmte Vorstellungen über die Form der Kunst, ihr Verhältnis zu Dingen und Menschen und über die Bedeutung des Ästhetischen in der Gesellschaft Fesseln sind, die Phantasie am Boden halten. Man kann auch sagen: Die Kunsttheorie ist nicht in Form. Nun soll man die Theorie, die Rede von der Kunst, die Ästhetik nicht überschätzen; sie bringt, auch wenn sie gut ist, keine Werke hervor. Aber sie ist auch nicht zu unterschätzen. Ästhetische Vorstellungen können die Sicht verengen, den Horizont verstellen, Aufbrüche verhindern.

Damit meine ich, dass die ästhetische Moderne, die einmal eine Befreiung war, heute einschnürt und beengt; dass ihre Reste, und mehr sind es ja nicht, wie Gespenster durch unsere Diskurse treiben; dass die ästhetische Moderne eine große Vergangenheit hat, aber keine Zukunft. Das klingt sehr allgemein und muss begründet werden; drei Punkte: 1. Der Kampf der Moderne gegen ästhetische Regelsysteme; er hat, lange genug betrieben, Formlosigkeit, ja Unkenntlichkeit der Kunst zur Folge. 2. Die Abkehr der Moderne vom Prinzip der Nachahmung, der Mimesis; die Folge ist, am Ende und zuletzt, der Weltverlust der Kunst. 3. Die Auseinandersetzung der ästhetischen Moderne mit der liberalen Gesellschaft westlichen Typs; Glaubenssätze, die zu einer bestimmten Zeit und ihren Kämpfen gehören, gehen an der Gegenwart vorbei.

Der Begriff Moderne ist schillernd. Gemeint ist hier eine ästhetische Entwicklung, die im späten 18. Jahrhundert beginnt. 150 Jahre lang hat sie befreiend gewirkt und Erscheinungen, Werke erzeugt, die vorher nicht denkbar waren. Wenn sie kritisiert wird, geht es um Fehlentwicklungen, Vereinseitigungen, die in der zweiten Hälfte des 20. Jahrhunderts sichtbar, spürbar, hörbar sind. Es geht um den formal spannungslosen, inhaltlich weltlosen und intellektuell nicht besonders reflexiven Modernismus der letzten Jahrzehnte. Es geht nicht um ein neues Programm. Es geht nicht darum, wie es weitergeht. Wer will sagen, was nach ihm kommen wird. Aber damit etwas kommt, damit es weitergeht, muss sich die Gegenwart lösen. Das wäre schon viel.

Formverlust

Die moderne Kunst – ist die Kunst der Originalität, des Regelbruchs, der Negation. Sie will keine Vergangenheit. Wer sie hört und sieht und liest, soll nicht wiederfinden, sondern überrascht werden, überwältigt. Dahinter stand eine gewaltige Energie, sie lebt, bebt in den Sätzen des Anfangs: »Mir wäre mein Herz geborsten«, das ist Goethe, 1771, »wenn ich den Herrn der Regel nicht Fehde angekündigt hätte und nicht täglich suchte, ihre Türme zusammenzuschlagen.« Das ist der Kampf gegen die ewigen Formen, die Regeln, den immer währenden Wiederholungszwang der Kunst. Der Dichter des Neuen ist frei vom Frondienst der Tradition. Die Form bindet ihn fest, in ihrem Räder- und Regelwerk verkommen die persönlichen Gefühle und Gedanken, wird die Seelenstimmung zermahlen; so steht es bei Karl Philipp Moritz, auch einem Großen der Frühzeit. So hat man Grenzen beiseite gefegt, der Horizont wurde frei, und in der Kunst erschienen Dinge und Menschen, von denen vorher keiner gewusst hatte.

Wir beugen unsere Knie vor dieser Zeit und fragen dann: Funktioniert das noch? Die Moderne – das war die Spannung von Form und Formüberwindung. Irgendwann aber ist im Kampf gegen die Form der Widerstand verbraucht. Irgendwann sind die Türme zerschlagen. Dann kommt eine Generation, macht moderne Kunst und weiß nichts mehr von den Zwängen und Gesetzen der Regelherren. Das lässt sich genauer sagen: Seit der Mitte des 20. Jahrhunderts. Die Moderne wird spannungslos, weil sie ihre Voraussetzungen verloren hat; und neue Formen hervorzubringen fällt ihr schwer, der Kunst der Negation. Sie baut sich Papptürme auf und schlägt sie mit großem Gedonner ein. Man ist autonom und weiß nicht mehr, wovon, wofür und wohin. Der Regelbruch ist zur Regel geworden und dreht sich, eine Mühle, einförmig, klappernd, vom Strom des Zufalls getrieben, eine Mühle an sich, ohne Baumeister und Müller. Die moderne Kunst zermahlt sich selbst. Und da auch die Ästhetik, die Rede über die Kunst, immer mehr verödet ist, muss sich, wer nach der Kunst fragt, von den Brosamen nähren, die vom Tisch der Weltgelehrten herabfallen.

Und also lauscht er dem großen Rhapsoden Niklas Luhmann, wenn er von der Überraschung erzählt, die wir wollen, und vom Wiedererkennen, das wir brauchen. Also von der Freiheit der Kunst und ihrem Gedächtnis. Und für die Zukunft, murmelt der Philosoph, für die Zukunft der Kunst wird der Verzicht auf Formen und Gesetze nicht ausreichen. Wie auch Sabine, meine Frisörin in Saarbrücken, sagt: Ordnung ist das halbe Leben, und die andere Hälfte ist Unordnung. Ja, sagt Luhmann, Verschiedenheit und Stimmigkeit gehören zusammen, und schreibt und singt und preist die Kontingenz und die Form. Denn die Welt hat keinen Nutzen, sondern alle jene Eigenschaften, die Nikolaus von Kues seinem Gott zuschrieb: Sie ist weder groß noch klein, weder Einheit noch Verschiedenheit, weder entstanden noch nicht entstanden – und eben deshalb formbedürftig. Und darum brauchen wir Gesänge, die das Kind in uns immerfort trösten, über die Angst vor der Leere.

Die ästhetische Moderne lässt sich historisieren. Das, was wir für gültig halten, ist nur eine Spanne in der Geschichte der Kunst, die lang ist, und kurz die Moderne. Keiner kann zurück, doch begreifen, dass es auch anders ging. Dass Regeln und Gesetze, die wir gelernt haben, nicht zur Kunst an sich gehören. War Raffael affirmativ? War Tizian kritisch? War Botticelli originell? Das sind sinnlose, ja lächerliche Fragen, die hilfreich sind, um Distanz zu gewinnen. Und die Gegenwart tritt ein in den Strom der Geschichte. Sie muss sich den Nachgeborenen stellen, die nicht mehr an Programme glauben, sondern sehen und hören und fragen, ob das Bild an der Wand sie staunend vergnügt; ob sich eine Welt einem Werk fügt. *Das ist überhaupt nichts Neues, was wir hier hören,* grummeln die Kritiker an dieser Stelle. *Macht nichts.* Lang ist die Kunst, wie auch Blaise Pascal, der vor der Erfindung der Originalität lebte, sagt: »Jeder spielt, wenn man Ball spielt, mit dem gleichen Ball, aber einer setzt ihn besser.« Und ein Spiel ist es schon, was wir meinen und wollen: Schlagen kann man, wie man will, kurz oder lang, wohin man will, rechts und links – aber treffen muss man.

Weltverlust

Am Anfang ist Nachahmung, Mimesis. Denn mit Nachahmung beginnt jedes Menschenleben, und mit der Mimesis hat die europäische Kunsttheorie begonnen. Dieses Prinzip wurde angegriffen und verteidigt und modifiziert, aber es galt und war da. Auch hier hat die Moderne Fesseln gelöst. Ihre Polemik gegen die Bindung der Kunst an die Welt, an das, was der Fall ist, hat neue Räume geschaffen, den Bereich des Denkbaren, Fühlbaren ausgeweitet. Aber auch hier ist das Ende eine große Verarmung. Wer durch die Galerien der Gegenwart streift, findet dort keine Welt. Wo sind überhaupt die Werke, in denen die zweite Hälfte des 20. Jahrhunderts aufbewahrt ist? Jetzt kann uns die Erinnerung an den Begriff der Mimesis helfen, aus den Wüsten der Abstraktion zu entkommen, aus dem toten Land der Selbstreflexion.

Nachahmung bedeutet nicht, dass irgendeine Wirklichkeit abgemalt werden soll, das wäre ziemlich langweilig. Nicht der Raum, der vor Augen liegt, ist die Aufgabe, sondern der Raum des Möglichen. Wirklichkeit ist kein Kriterium, Wahrscheinlichkeit schon. Auch geht es, wenn man Nachahmung sagt, nicht nur um Inhalte, sondern genauso um den Stil, die Rhythmik. Ein Gedicht über die Maueröffnung am Abend des 9. November wäre an seiner Beobachtungsschärfe, aber genauso an seiner Form, seinen Eruptionen und Wellen, den staunenden Pausen zu messen, an seinem Taumel. Es gibt ein solches Gedicht auf das Jahr 1989, es stammt von Wolfgang Hilbig, aber eigentlich ist es gar kein Gedicht, sondern nur der Schlussteil des langen Gedichtes »prosa meiner heimatstraße«, 1990 in der *Neuen Rundschau* erschienen, dann nicht wieder. Es ist ein hymnischer Gesang, eine Kaskade, ein rauschender Fluss, der mitreißt, ich weiß nichts Vergleichbares. Gepriesen wird der Sturz des Alten, gepriesen wird die Schönheit der Bewegung, und die Sprache scheut vor nichts zurück, nimmt alles mit,

Welt im Taumel; geschrieben in einem glücklichen Moment.

Natürlich ist die Darstellung einer Wirklichkeit, auch das muss man hinzufügen, wenn man von Mimesis spricht, immer perspektivisch gebunden. Aber das ist kein Einwand. Auch ein schöpferisch freier Mensch kann sich Mühe geben um das Leben, hinausgehen, um das Handeln guter und schlechter Menschen zu studieren, wie es bei Aristoteles so schön lapidar heißt. Fülle der Welt! Ach, auch ich war Stipendiat und war auf einem Schloss, und des Abends sah ich eine Installation mit dem Titel *Kühlschrank eines Stipendiaten.* Ein Satz noch, zum Begriff der Nachahmung: Es ist selbstverständlich, seit langem selbstverständlich, dass Wirklichkeit auch die Beschreibung und Deutung der Welt in den Wissenschaften umfasst. Wie ohnehin zu sagen ist: Die Abwesenheit von Wissen ist nicht authentisch. Die Zukunft der Kunst ist keine Frage des Gefühls.

Nichts berechtigt zu der steilen Behauptung, die Welt der Gegenwart sei nicht mehr abbildbar und darstellbar. Das ist eine der Mythen der Moderne, die sich für einmalig hält. *So abstrakt wie heute war die Welt noch nie,* verkünden zahlreiche Kulturträger. *Ach was,* sagen wir. Die Welt des Mittelalters war viel, viel abstrakter. Was hat nicht alles dazugehört, Himmel und Hölle, Erlöste und Halb-Erlöste, überhaupt die vielen Zwischenwesen, manche mit Flügeln, voll im Licht, andere tiefgefroren, und das alles ist dargestellt worden, in seiner Fülle. Vere deus, vere homo. Malen Sie das mal!

Viele Künstler der Moderne haben geglaubt, die

Welt nicht mehr darstellen zu können. Aber mehr: Sie haben es auch nicht gewollt. Denn die Abwendung von der Mimesis war auch damit begründet, dass man wahre, hinter den Dingen liegende Kräfte entdeckt zu haben glaubte; dass man um den Gang der Geschichte wusste; einen Neuen Menschen schaffen wollte. Die Dinge an der Oberfläche sind dann nicht der Rede wert. Das Bestehende ist das Unwahre, und die Kunst hat die Überwindung, Transformation, Zerstörung der Dinge und Menschen der Gegenwart vorwegzunehmen. Am Ende des Jahrhunderts muss man dazu nicht viel sagen. Der Neue Mensch ist abgetreten. Er war grausamer als der Alte. Der Neue Mensch war utopisch. Den Menschen der Gegenwart kann man sehen und hören.

Die Weltabkehr und die Negationen der modernen Kunst haben auch Folgen gehabt, die ihre Wirkung betreffen, das Publikum. Denn dort, wo man sich auf Extreme kapriziert und große Gebiete der Wirklichkeit dämonisiert, dort, wo man manche Teile des Menschen sehr genau zeigt, aber andere vergisst, reduziert man auch seinen Zuschauer und Betrachter. Manche Gedanken und Gefühle, die dem Menschen innewohnen, nicht nur dem bürgerlichen Menschen, kann und will eine vereinseitigte Kunst nicht mehr erzeugen. Und also lauten die Fragen: Wo ist der Hymnus? Wo ist die Verklärung? Was sollen die selbstlaufenden Exerzitien des Schocks, deren Absehbarkeit zum Gähnen ist? Kann man denn Trauben lesen von den Dornen oder Feigen von den Disteln?

Originalität und Mimesis sind keine Gegensätze. Zur Kunst gehört die Freude des Wiedererkennens.

Das sei den Fürsten der Abstraktion gesagt, in ihren Türmen, hoch über dem Leben. Aber wir wollen keine Fehde. Lassen wir die Türme rechts und links liegen.

Gegen-Moderne

In der ästhetischen Moderne steckt ein Glutkern, der lange gestrahlt hat und erst in jüngerer Zeit ausgekühlt ist. Von einem Willen zur Mission kann man sprechen; von Erlösungs-Phantasien; wobei dem Künstler die angenehme Rolle des Erlösers zufällt. Die größte Erhitzung des Ganzen findet in den Avantgarde-Bewegungen statt, im ersten Drittel des 20. Jahrhunderts. Aber auch hier muss man am Anfang beginnen, denn die Erwärmung geschieht langsam. Und der Anfang ist unschuldig, denn es geht um Befreiung, zum Beispiel in Goethes »Prometheus«. Da will sich jemand von der Autorität des Vatergottes befreien und beruft sich auf das »heilig glühend Herz«, nimmt die Welt in die Hand und schickt Zeus in die Wüste. Das ist die eine Hälfte der Moderne, die aus den Schulbüchern. Aber da ist noch mehr, es steht in der Schlußstrophe des Gedichts: »Hier sitz' ich, forme Menschen / Nach meinem Bilde, / Ein Geschlecht, das mir gleich sei.« Einer ermächtigt sich, nimmt die Stelle des alten Gottes ein, will Menschen bilden, will Herrschaft, will Gleichheit.

Na ja, so wörtlich muss man das nicht nehmen, sagen viele, *etwas Größenwahn gehört dazu, so ist die Kunst.* Aber es geht ja nicht nur um Gedichte, sondern um Ideen und politische Glut. Die moderne Kunst steht in einem Spannungsverhältnis zu dem, was politisch und gesellschaftlich modern genannt wird. Denn die Kunst nimmt zwar das Ich und die Freiheit emphatisch auf, erkundet und erweitert die Räume der Moderne – ist aber von Beginn an mit Angst und Abwehr, ja Hass auf die Moderne durchsetzt. Sie leidet an der Vereinzelung, Heimatlosigkeit, hat Angst vor der Freiheit und träumt von geschlossenen Systemen unter Leitung einer Dichter-Priester-Krieger-Kaste. Und aus den frühen, noch vagen Impulsen entwickelt sich in der Geschichte des 20. Jahrhunderts eine hartnäckige Abneigung gegen die offene Gesellschaft. In der ersten Hälfte des 20. Jahrhunderts wird daraus eine gefährliche Nähe zu totalitären Bekenntnissen, Gruppen und Parteien, die bis heute nur ansatzweise in den Blick geraten ist. Bekannt ist die Verfolgung der Kunst im Nationalsozialismus und Stalinismus. Aber davor haben viele moderne Künstler in den totalitären Bewegungen des 20. Jahrhunderts Verbündete gesehen, im Glauben an eine Gesellschaft, die nicht über bestimmte Verfassungsregeln geordnet, sondern von einer zentral vorgegebenen, gleichsam religiösen Wahrheit durchzogen sein sollte. An diesem Projekt eines zentralen Sinns, an der Rücknahme der Pluralität, wollte die Kunst mit ihren ästhetischen Innovationen beteiligt sein. Dafür hat sie Altäre und Ikonen gebastelt, heilige Bücher geschrieben. Daraus erklären sich viele Glaubenssätze und Metaphern, in diesem Licht zeigen sie ihr zweites Gesicht. Reinheit – ist auch ein Traum von Gewalt. Entgrenzung – ist auch der Wille zur Volkspädagogik. Wahrheit – ist auch das Ende der vielen Meinungen.

Das Bild der ästhetischen Moderne zeigt andere Züge, wenn man ihre Vermischung mit Politik und Religion, mit den politischen Religionen entdeckt; ihr Interesse an Bildern der Überwältigung; wenn man sieht, in welcher Weise sie in das blutigste, in das 20. Jahrhundert verwickelt war. Auch ein bestimmtes Selbstverständnis des Künstlers hängt mit dem Sendungswillen der Modernisten zusammen, eine Künstlerrolle; darauf ist viel Aufwand und Energie verwendet worden. Wie soll man sie bezeichnen? Vieles ist darin gemischt. Einer der Hauptheiligen ist Baudelaire, zahllose Texte sind ihm gewidmet worden, auch ein Gedicht von Gennadij Ajgi, das 1957 entstanden ist. Da wird klassisch und gekonnt vorgegangen: Man scheidet den Dichter, so der Anfang, von den Menschen: Er sei nicht von ihrer Art, ein anderes Wesen, sie hätten es nicht ertragen, ihn anzuhören; was einmal so gewesen sein mag, aber nach Jahrzehnten organisierter Baudelaire-Verehrung nur noch eine begrenzte Originalität besitzt. Im zweiten Schritt enthebt man den Autor der Erde: »etwas diktierte irgendwoher / ohne Standort zu haben / und scheinbar gab's weder Lippen noch Brauen noch Schläfen / außer der fernen Stimme / und den überraschenden Händen«. Dem liegt ein bekanntes und erfolgreiches Modell zugrunde: Gott diktiert auf dem Berg Sinai seine Gebote. Und in dieser Höhenlage fährt das Gedicht auch fort, der Alter Deus Baudelaire wird mit zahlreichen mystischen Paradoxien behängt und umwickelt. Am Schluss ist von Reinheit die Rede. Nach Reinheit habe Baudelaire verlangt, sagt sein Adept, »nach Reinheit / die nachkommt allein durch Abbruch / und Tod«. Wessen Tod ist gemeint? Vielleicht Baudelaires Tod, aber wer das Gedicht am Ende des 20. Jahrhunderts liest, hört auch die Vernichtungsphantasien, den Gewaltfuror mit, der viele Autoren dort überfiel, wo sie einen utopischen Wendepunkt der Geschichte zu verspüren meinten. Und so liest man diese Art von Kunstreligion mit Faszination, angesichts des großen Glaubens, aber auch mit Grauen.

Das ist Geschichte, die großen Feuer sind erloschen. Aber im Selbstverständnis vieler Künstler flackert es noch immer. Oder man wärmt sich an der Glut – zum Beispiel an einem naiven Selbstbewusstsein, das sich gegenüber den Massen und Kleinbürgern im Besitz wesenhaft-tiefer Wahrheiten glaubt. Dazu gehören bestimmte Gesten hochfahrender Verachtung. Immer noch tönt die ästhetisch gewendete Revolutionsmetaphorik. Und nimmer endet das Gerede von einer krisenhaften Spätzeit. Schwarz wie die Ledermöbel. Und dazu schlürft man Adorno, diesen herrlich trockenen Roten. Denn auch wenn viele dieser Vorstellungen heute ihre bestimmende Kraft verloren haben, auch wenn es sich nur noch um verstreutes Kulturgut handelt, auch wenn Adorno trivialisiert ist und keiner mehr Avantgarde sein will – durchdacht und verabschiedet worden ist das alles nicht. Ideen, die nicht mehr prägen und gestalten, aber den Blick stören und trüben. Sie behindern die Entstehung von ästhetisch Neuem. Sie sind wie die Exponenten deutscher Gegenwartskultur: Orakelnd, defensiv, und ziemlich schlecht gelaunt. Trauerklöße in Weinsauce. Auch hier heißt die Devise: Aufstehen und Gehen. Etwas Besseres finden wir überall.

Aber wo und wie? Was sollen wir tun, können wir wissen und hoffen? Kaum hilfreich sind ästhetische Revolutionsphantasien. Die Avantgarde hat Pause. Und das gilt auch für den Umgang mit ihr selbst. Denn niemand kann Interesse daran haben, Erfindungen der Moderne, Techniken, Bereicherungen der Formensprache der Kunst zurückzunehmen, also gleichsam die Moderne modernistisch auszutreiben. Hier gilt eine ältere und humanere Maxime: Prüfet alles, das Gute behaltet! Jeder muss sich das Seine suchen. Aber der Rahmen der Moderne, ihr stählernes Gehäuse, bestehend aus geschichtsphilosophischen Projektionen und kalt glänzenden Negationen, wird verlassen, bleibt zurück. Damit gehen Sicherheiten verloren, damit wird der Blick frei für eine Welt, die anders aussieht, als es die Propheten wollten – haben sie nicht ständig und immerfort erzählt, was nicht mehr geht, was vorbei ist und überholt und überlebt. Und hat nicht die Geschichte der letzten 10 Jahre lachend und zerstörend vorgeführt, was geht, wieder geht, wiederkommt. Es war ein ständiges Kommen und Gehen; und manches Ding, das wir am Morgen noch für ziemlich ewig hielten, war am Abend fort; wie geschmolzener Schnee, wie abgebrannte Kerzen. Das Denken muss nachziehen, auch das ästhetische Denken, hier stehen die Mauern noch und verstellen den Blick auf das, was inzwischen der Fall ist. Was können wir tun? Gepäck zurücklassen, den Blick heben, wandern!

Und zwar durch die Gegenwart und die Vergangenheit. Denn wenn es die Weite ist, die Befreiung bringt, dann auch die Weite der Geschichte. Eine Akademie, heute gegründet, könnte mit der Genie-Ästhetik wenig anfangen. Sie würde sich nicht an einem Revolutions-, sondern am Renaissance-Modell orientieren, um sich die Fülle einzuverleiben: *ars longa!* Hinter und vor uns liegen die weiten Kammern, die Arsenale, mit den glitzernden Formen der Kunst! Jeder kann doch prüfen, was für seine Zwecke verwendbar ist! Um alte Formen – haben Formen überhaupt ein Alter? – mit Gegenwart zu verwandeln! Dieses Ineinander, dieses Gegeneinander der Zeiten, kann es nicht Spannung erzeugen? Und in dieser Spannung, im Kampf mit der Form, bekommt das ästhetische Subjekt, das sich der Spätmodernismus irgendwie frei und fuchtelnd vorstellte, bekommt es Kontur, das ist die Hoffnung, und Größe. Vielleicht ist es ein Weg, zurückzugehen, die Jahrhunderte zu durchstreifen; zu proben, hier, zu schmieden, die Kräfte zu üben, dort, zu montieren. Aus der Verbindung der Zeiten kann Leben werden, aus den Kontrasten werden Funken sprühen, und das wäre ein Anfang.

Es gibt ein Bild für das Miteinander der Zeiten in der Kunst, im 4. Gesang der »Göttlichen Komödie«, dort, wo Dante in der Vorhölle zunächst ein Feuer sieht, das die Finsternis besiegt, dann vier große Schatten, die sich nahen. Es sind die Dichter der Antike, in deren Kreis er eintreten darf. Sie führen ihn ein Stück des Weges, zeigen ihm einiges. Dann aber wandert er weiter. Denn beides gehört zusammen, Ankommen, Weggehen, die Verbindung und der Abschied. Also der Aufbruch, damit es nicht bleibt, bei dem, was der Stand ist! Auch wenn wir, ach, für diese

Figur des ästhetischen Wanderers, Pilgers, der nicht stehen bleibt, der Bewegung huldigt, zitternd und hoffend, das Licht suchend, auch wenn wir dafür in der Gegenwart fast kein Beispiel haben. Doch: Hans Magnus Enzensberger. Wo die anderen stehen blieben, starr wurden, zog er davon und sprach und dachte und sang. Ja, sagt er, ich will zurück, ich will weiter, unabsehbar bewege ich mich, bin bewegt, bis auf weiteres bleibe ich, in der Schwebe. Dieser Geist lässt sich einatmen, um frischer fortzukommen – ein Aufbruch ohne Gruppenbildung und mit nicht allzu viel Theorie im Gepäck. Und dabei stimmen wir folgendes Liedchen an:

Eines schickt sich nicht für alle,
Sehe jeder, wie er's treibe,
Sehe jeder, wo er bleibe,
Und wer steht, daß er nicht falle.

Aber natürlich reicht das Singen nicht, und alle Reden und Vorschläge sind eitel, wenn ihnen nicht Werke folgen. Ich hoffe, sie werden folgen. Denn an den Früchten sollt ihr sie erkennen. Nicht an der Idee der Früchte und nicht an einem Kommentar zu Früchten. Sondern an den Früchten, an ihrem Geschmack.

Reim und Kleid

Direkt hinter der französischen Grenze gibt es einige Möglichkeiten, Brautkleider zu kaufen, mit einer gewissen Eleganz, die man in Deutschland nur selten findet. Also waren wir an einem Frühlingstag über die Grenze gefahren, ich saß wartend im Auto; der Mann darf das Kleid vor der Hochzeit nicht sehen. Das Fenster heruntergelassen, weil die Sonne schon wärmte – und schwarz pochende Rhythmen kamen herüber – schlenderten über den Parkplatz, den Recorder an der Hand, auf dem Weg zum Schwimmbad, *piscine olympique,* viele Einwanderer dabei, die prallen Oberschenkel von Siebzehnjährigen, schwarzer Beat und Turnschuhe. Ich hatte mir etwas für die Wartezeit mitgenommen, den Gedichtband einer schwedischen Autorin, die vorsichtig durch eine Landschaft geht, in der ihr alles fremd ist. Etwas streift sie und schiebt sie – zu einem Kanal, dessen Schwärze nicht heilt, nicht lindert, aber die Wachheit des Wassers verlockt sie. Mitte dreißig, sagt der Klappentext, sie spielt auf Saiten, die ich nicht kenne, ein Gedicht endet: *Mutter, sei froh, die Unrast der Welt schwindet.* Den Autositz zurückgelehnt, mit der Vorstellung, wie das leise raschelnde Kleid, weiß, über den Körper geschoben wird. Ich wusste nicht genau, wo ich war, an welchem Ort, zwischen Afrika und Schweden, verlockende Wachheit. Ich wusste die Zeit nicht mehr: *Mutter, die Unrast der Welt schwindet,* kann man das sagen, geht das? wollte die kritische Seele fragen; aber sie war still, die kritische Seele. Die Musik der Kids war auf dem Weg zum Schwimmbad verhallt. Die Dichterin verschwand in ihren Landschaften. Ich war ganz frei, zurückgelehnt im Auto, ohne Zusammenhang, nichts, was mich hielt.

Zeit

Es geht um die Verunsicherung der Raum-Zeit-Ordnung, um Literatur, die einen solchen Zustand ausspricht. Die Kunst der Moderne war an Deutungen der Geschichte gebunden, manchmal an konkrete, meist an weit ausgreifende. Geschichte war entweder Verfall: von einem Zustand der Einheit in die Vielheit, von der Vielfalt in die Uniformität, von der Natur in die Abstraktion. Oder Geschichte war ein Aufstieg: von einer schemenhaften Wahrnehmung der Welt, sinnlich, zur Klarheit der Vernunft. Das Ziel, wie auch immer es hieß, Gleichheit oder Herrschaft von wenigen, Natur oder Bändigung der Natur – es gab ein Ziel, nah oder fern, Wahrheit und Zeit waren verbunden. Und auch solche Denker, die es der Kunst nicht mehr zutrauten, Bilder einer vergangenen oder zukünftigen Welt zu entwerfen, wussten immer noch, dass die Gegenwart das Falsche war, dass sie negiert werden musste. In das schlechte Sein sollte die Kunst als Epiphanie einbrechen – wie ein Schlag, der Glieder erzittern lässt – wie eine Landung, plötzlich – wie der Einbruch der Barbaren, Klingonen, die mit ihren Phaserpistolen unsere Asche aufflammen lassen und der alten Welt einen neuen Mythos schenken. Die moderne Kunst war ein angespannter Muskel, sie liebte den Ausnahmezustand, geißelte die Gegenwart, sie horchte auf das Neue, fiebernd. Das Zeitgefühl der modernen Kunst war emphatisch, Zeit und Wahrheit waren verbunden.

Wer will heute etwas über den Verlauf der Geschichte sagen, weit ausgreifend? Eine Zeitordnung, die sagt, dass es hinter uns besser war, dass vor uns eine Wahrheit liegt, gibt es nicht. Die Geschichtsphilosophie hat eingepackt. Was ist die Vergangenheit? Die Vergangenheit ist das Alte Testament, die Vergangenheit ist der Prediger Salomo: Steine wegwerfen hat seine Zeit, Steine sammeln hat seine Zeit; zerreißen hat seine Zeit, zunähen hat seine Zeit; klagen hat seine Zeit, tanzen hat seine Zeit. Was ist die Zukunft? Ein drohender Computerfehler, der die Systeme abstürzen lässt, mit apokalyptischen Folgen. *Sichern Sie sich jetzt ein abgelegenes Haus in Kanada an einem See mit Trinkwasseraufbereitungsanlage und Atombunker! Und wenn die Apokalypse doch nicht kommt, machen Sie da einfach Urlaub!* Was ist die Zukunft? Ein Astronom, der den Zuschauern erklärt, wann, jedenfalls nach den heutigen Zwischenberechnungen, die Energie der Sonne verbraucht sein wird – dann geht das Licht aus. Mit keiner Zeit ist die Gegenwart fest verbunden, dass sie Halt bekäme, auf keine Vergangenheit kann sie sich gläubig beziehen. Wer will sagen, dass er sich »entfremdet« fühlt? Wovon denn?

Wer will sagen, dass die Gegenwart »das Unwahre« ist? *Wohin des Weges?*

Die moderne Kunst war auf Negation der Gegenwart verpflichtet, Widerstand war ein Hauptwort in den Lehrbüchern der Ästhetik. Aber als ich im letzten Sommer durch Florenz ging, die Plastikwasserflasche in der Hand, der Freundin aus dem Reiseführer vorlesend, da fiel es mich, in einer Schattenecke stehend, an: Brunelleschi und Massacio – wo ist denn eure Negativität? Auch haben wir gelernt, dass der Künstler, um seiner Zeit nicht zu verfallen, autonom sein soll, aus sich selbst heraus schöpfen muss, frei von den Kräften, die ihn umgeben. Aber verhält es sich nicht wie folgt: Wenn Sie durch ein Museum gehen, bleiben Sie in jenen Räumen am längsten, die mit Auftragskunst gefüllt sind, bezahlt von irgendwelchen klerikal-weltlichen Gestalten – dunkle Figuren, die sich dringend eine Verkündigung wünschten, mit einem Engel, mild und durchsichtig wie Licht. (Federn, eine geneigte Haltung, ein schlichtes Gewand werden bestellt.) Davor stehen Sie still. Erst in den letzten Räumen des Museums werden Sie zügiger, die Blicke nach vorne gerichtet, geht es eilig durch die Gegenwart, man hat jetzt auch Durst: *Wo bitte ist die Cafeteria?*

Vielleicht ist die Emphase des Zeitgefühls, auf der die moderne Kunst beruhte, verbraucht? Vielleicht ist es wie in Florenz, aber Massacio fehlt, oder wir sind im Alten Testament, *zunähen hat seine Zeit,* vielleicht ist das junge Lyrik: *Mutter, die Unrast der Welt schwindet.* Wer ohne Vergangenheit und Zukunft als Ziel lebt, besteht aus Gegenwart, lebt in der Gegenwart, verloren. In diesem Zustand ist der Mensch nur eine Größen-Einheit, nur ein Moment der Zeit, nichts was ihn hält. Jedenfalls ist mit dem Ende der Geschichtsphilosophie, der positiven, die weiß, was sie will, der negativen, die immer noch wusste, dass uns das Entscheidende fehlt, eine Form der Zeitstrukturierung ins Wanken geraten, und jetzt ist taumelnde Übergangszeit.

Rhythmus

Die Wahrnehmung und Darstellung von Zeit ist in zweifacher Weise mit der Literatur verbunden, als Inhalt, wenn über Zeit gesprochen wird, und als Form. Redet man von der Form, heißt das Thema: Rhythmus. Denn die Sprache strukturiert die Zeit, bildet sie ab als Rhythmus. Der unbestimmt fließenden Zeit wird so eine Form gegeben. Dabei lassen sich individuelle und allgemeine Formen des Zeiterlebens unterscheiden. In einer welthaltigen Literatur wird sich jene Strukturierung von Zeit, die in der Umgebung dominierend ist, niederschlagen, also die allgemeine Zeitstruktur. Das ist der Fall, wo geschichtsphilosophische Ideen das Denken beherrschen, dort haben einige Autoren versucht, eine Rhythmik zu entwickeln, die eine große zeitliche Dynamik – Aufstieg und Abstieg, Kämpfe, Zerstörung der Gegenwart, ein Ziel, zu dem wir sollen – erfahrbar macht. Der Autor, der in dieser Wahrheit lebt, lebt in ihrem Rhythmus, und der Leser oder Hörer soll hineingenommen werden. Die Zeit der Sprache wird für die Dauer des Textes die Zeit des Schreibenden, die Zeit der Lesenden, weil der Ton in das Selbst eindringt, ihm den Takt vorgibt, in dem es zu schreiten hat. Der Rhythmus setzt in Bewegung.

Entsprechende Ideen findet man in der Rückschau auf das 20. Jahrhundert an vielen Stellen. In einem der »Kursbücher« des Jahres 1968 ist eine chinesische Revolutionspoetik abgedruckt, die Wiederholungen und Zitate verbietet, denn solche Formen signalisieren, dass die Gegenwart an die Vergangenheit gebunden bleibt, an Überlieferungen und das Alte, während die Revolution der Vergangenheit den Prozess macht, sie beseitigen will. Im Bereich der deutschen Poetik gibt es eine interessante Schrift zum Verhältnis von Rhythmus und Politik, Bertolt Brechts kurzen Aufsatz »Über reimlose Lyrik mit unregelmäßigen Rhythmen«. Brecht rechtfertigt darin seine Gedichte, die nach der Wendung zum Kommunismus weitgehend auf Reime und gleich bleibende Rhythmen verzichten. Dabei beruft er sich auf seine Umwelt, auf die Geräusche der modernen Stadt, auf Arbeiterdemonstrationen und auf die sozialen Spannungen der Gegenwart. Es geht ihm darum, die Vorgänge zwischen den Menschen als kampfdurchtobte, gewalttätige zu zeigen, und dafür, so heißt es, seien regelmäßige Rhythmen nicht geeignet, sie hätten eine einlullende, einschläfernde Wirkung. Gerade wenn sie gut sind, versetzen sie in eine Art Trance, erzeugen Assoziationen statt Gedanken. »Das Gedankliche schwimmt so auf Wogen daher« – eine schöne Formulierung, mit der sich Lieder der Romantik charakterisieren lassen.

Man muss bedenken, dass Brechts Aufsatz aus dem Jahr 1939 stammt. Er schreibt unter der Voraussetzung, dass Literatur von Politik nicht zu trennen ist, dass sie eine Funktion hat. Ihm geht es um die Verbreitung von Gedanken, die im großen Kampf der Zeit zwischen Faschismus und Kommunismus, von dem er die Welt beherrscht fand, wirken. Er verstand ihn als Kampf zwischen Fortschritt und Reaktion, der die Zukunft der Menschheit entscheiden würde, aus dem man sich nicht zurückziehen durfte, in Gedanken und Klänge, die wie Wogen sind. Brecht schrieb Gedichte im Weltbürgerkrieg des 20. Jahrhunderts, und unter dieser Voraussetzung sind seine Argumente zu verstehen.

Diese Voraussetzung ist Geschichte. Warum soll man Kunst auf Politik verpflichten? Natürlich ist die Gegenwart, wie Brecht schreibt, gewalttätig. Aber was folgt daraus? Die Sonette von Gryphius, strengste Form, gehören in eine Zeit, die ebenso von Glaubenskriegen durchzogen war. Allerdings ändern sich die Formen der Gewalt. Brecht sieht, weil er 1939 schreibt, eine ausschließlich von Gewalt beherrschte Welt. Außerdem sieht er eine klar gegliederte, antagonistische Gewalt, in der sich Kräfte, rechts und links, gegenüberstehen. Heute gibt es Gewalt, dann Frieden, dann wieder Gewalt. Sie nimmt viele Formen an, kommt aus verschiedenen Richtungen, die Gegner wechseln und die Orte, die Kämpfe sind schwer zu durchschauen. Es wird durcheinander geschossen. Brecht kannte nur eine Form, die er für fähig hielt, die Welt nach der Gegenwart zu ordnen. Heute existieren verschiedene Formen, die Zusammenhänge herstellen, auch Formen, die sich als vorläufig verstehen, deren Ordnung ohne den Stempel der Wahrheit und Zeitlosigkeit auskommt.

Aber obwohl sich die Dinge ringsum verändert haben, bestand in den letzten Jahrzehnten die Ablehnung lyrischer Formen weiter, auch wenn sie kaum noch begründet wurde. Das Thema verschwand aus den ästhetischen Auseinandersetzungen, sofern es welche gab. Reim und Rhythmus waren veraltet, zwanghaft oder bürgerlich oder so ähnlich. Darin wirkten die Reste der Geschichtsphilosophie fort. Etwas Ähnliches gilt für den Inhalt. Weit ausgreifende, oft unausgesprochene Annahmen über den Verlauf der Geschichte, über die Stellung der Gegenwart in der Geschichte führten zu einer inhaltlichen Verarmung. Gedichte redeten nur noch über manches, über Teile der Wirklichkeit, über das meiste nicht mehr, weil es zur »Masse« gehörte, zur »Warenwelt«, zur »Kulturindustrie«, wie man sagte, und dagegen setzte man »das Nicht-Identische«, wozu älter werdende Herren alles zählten, was sie in ihrer Kindheit noch erleben konnten und später rührend fanden. Vielleicht war das Nicht-Identische auch der Name eines zerzausten Gottes – jedenfalls konnte man Gedichte an einem bestimmten Gestus erkennen, Gedichte waren resignativ, Gedichte mäkelten. Sie schmeckten wie Knäckebrot. In den Inhalten und in der Gestik wirkte eine abgesunkene Zivilisationskritik fort, die man als Erkennungszeichen der deutschen Lyrik der zweiten Jahrhunderthälfte bezeichnen kann.

Wenn man die Literatur von den Resten der Geschichtsphilosophie löst, kann sie über alles sprechen. Schon bei Hegel, dem Meister der Geschichtsphilosophie, gibt es Bemerkungen in diese Richtung, wenn er schreibt, dass eine Kunst, die nicht mehr an die Großen Erzählungen, an ein Weltgesetz gebunden ist, »alle feste Beschränkung auf einen bestimmten Kreis des Inhalts und der Auffassung von sich abstreift«. Damit »erhält der Künstler seinen Inhalt an ihm selber und ist der wirklich sich selbst bestimmende, die Unendlichkeit der Gefühle und Situationen betrachtende, ersinnende und ausdrückende Menschengeist, dem nichts mehr fremd ist«. Kunst, schreibt Hegel weiter, die ohne Verpflichtung lebt auf etwas, das »absolut zu Hause ist«, muss »kein Interesse ausschließen«, sondern kann alles beschreiben, »worin der Mensch überhaupt heimisch zu sein die Befähigung hat«. Das ist die Situation des ausgehenden 20. Jahrhunderts, hinter sich die Trümmer der Großprojekte, die ein absolutes Zu-Hause-Sein errichten wollten. Nach den Utopien bleibt der einzelne Mensch, mit der Unendlichkeit der Gefühle und Situationen – Fülle, die keine Macht gewaltsam reduzieren kann – der Menschengeist, dem nichts mehr fremd ist, und seine Kunst kann über alles reden.

Mit dem Ende der Großen Erzählungen fallen auch die Verdikte über die Form. Noch mehr: Wenn die Literatur nicht mehr über Inhalt und Gestik bestimmt wird, dann ist es die Form allein, aus der sie entsteht, die Differenz schafft, Menschen auf einen anderen Boden stellt als Alltag, Wissenschaft, Politik, Geschäfte. Wer die Wahrheit fallen lässt, wie Indiana Jones den Gral in die Tiefe fallen ließ, wird lockerer. Kunst ist nicht wahr oder falsch, sie ist anders als andere Formen der Rede, und das ist kein Problem, denn keiner hat das Sein gepachtet. Anfangen kann jeder und aufhören, wo er will, muss nicht rüberschielen zu Politik und Wissenschaft, oder doch nur manchmal.

Einige haben auch Angst vor der Form, weil sie Form als Zwang und Einschränkung verstehen. Aber es war eine komische Idee, dass der Mensch ohne Form wahr und authentisch und ursprünglich sei. Was haben wir davon? Mitte Fünfzigjährige liegen ungeformt und oben ohne an den Stränden. Nur in Formen beginnt ein Subjekt zu sprechen, also soll man die Besten nehmen. Denn jeder Weltzugang ist geformt, und jedes Leben hat einen Rhythmus. Wer das zu theoretisch findet, wird auch in der Lyrik der letzten Jahrzehnte wahrnehmen, dass jene Autoren übrig bleiben, die ohne feste Formen dennoch einen Rhythmus ausgebildet haben, einen eigenen, mit Wiederholungen, die lautlich, syntaktisch oder auf der Wortebene eingesetzt werden; zum Beispiel Paul Celan oder Rolf Dieter Brinkmann.

Wenn man von verschiedenen Arten des Rhythmus spricht, sind zuerst einfache Oppositionen zu überwinden, etwa die, dass man zwischen regelmäßiger Rhythmik mit festen Reimformen oder Prosasprache zu wählen habe. Diese Alternative ist phantasielos. Niemand wird es für sinnvoll halten, gegenwärtige Inhalte mechanisch in tradierte und feststehende Formen abzufüllen, denn diese entsprechen in ihrer Ordnungs- und Rhythmisierungsleistung nur selten einem heutigen Weltgefühl. Hegel war erstaunt über die Fülle der Papageien in der Natur. Gleichzeitig sollte die Vernunft aber das Zutrauen haben, »dass in der Natur der Begriff zum Begriff spricht« und also unter dem Außereinander der unendlich vielen Papageien sich zuletzt die »wahrhafte Gestalt des Begriffs« zeigen werde. Doch wenn man davon ausgeht, dass die Zufälligkeit der Gestalten unter der Sonne kein Ende findet, dann braucht man eine Form, welche die Vielfalt der Stimmen nicht verleugnet, sie alle reden lässt, in ihrer Fülle, und doch jenes Gefühl erzeugt, wonach Gedichte verlangen, heimisch zu sein. Diese Zusammenstimmung wäre dem Bewusstsein angemessen, dass unsere Formen der Weltaneignung vorläufig sind, dass sie mit einer wahren Natur der Dinge wenig zu tun haben und dass Zauberworte etwas anderes sind als Gewaltschläge.

Ein längeres Gedicht dieser Art würde durch verschiedene Formen wandern – eine Form ergreifen, in ihrer Entstehung zeigen – ihrer Wirkung, dem Zerfall – um das Subjekt auf eine neue, andere Bahn zu führen. Diese Bewegung kann durch ein Leitmotiv verbunden sein, durch wiederkehrende Sätze oder Klänge, wäre eine Vereinigung von Regellosigkeit und Regel, von prosanahen und streng gebauten Partien, von kurzen, hingeschossenen Sätzen und Wortflocken. Still gleitender Fluss; Unruhe. Wiederholungen zeigen, dass ein wanderndes Ich aus Vergangenheit besteht, aber das Zerbrechen der Rhythmik zeigt, dass es nach vorne muss, weiter. Ein solches Gedicht würde den Blick für Formen erweitern, in denen Leben sich organisiert, würde vorführen, was Kontingenz bedeutet und wie der Wortklang Kontingenz in einem glücklichen Moment beruhigt, den Zwang der Bedeutung auflöst. Zurückgelehnt im Autositz, mit Sätzen, weiß und leise raschelnd: *Mutter, die Unrast der Welt schwindet.*

Dieser Wechsel der Töne wäre ein Indikator für Ironie. Keine Form bleibt, wie sie ist, und solche, die man längst überwunden hat, kehren wieder. Der Wechsel zeigt auch, dass keine Wahrheit hinter den Dingen behauptet, kein Spiegel aufgestellt wird, sondern zahlreiche Spiegel. Das Dementi einer Rhythmik ist auch ein Spott – über die vergeblichen Bemühungen um einen Zugang zur Welt durch die Vernunft. Identität bedeutet hier wie überall keine Zukunft. Zu der stillen Erde sag: Ich rinne. Zu dem raschen Wasser sprich: Ich bin.

Naturformen

Die Begründung der Rhythmik als Ausdruck einer offenen und durcheinander gehenden Gesellschaft ohne feste Zukunft, feste Vergangenheit ist die eine Hälfte. Entstanden sind künstliche Rhythmen wahrscheinlich anders, aus der Natur. »Erkenne, welcher Rhythmus den Menschen hält«, steht in einem Fragment des Archilochos aus dem 7. vorchristlichen Jahrhundert. Schon am Anfang wusste man, dass die Natur nicht eine Natur ist, dass innere und äußere Natur des Menschen verschiedenen Rhythmen folgen und dass für manches Ding jede Regel fehlt:

> Glaukos schau, die dünung des meeres
> wühlen schon die wellen auf
> und die wolken spießen sich am fels
> von Gyrai an seiner lanzenspitze:
> der sturm gibt jetzt sein zeichen, doch
> die Angst, die nackt über uns kommt
> sie wird sich nie vorhersehen lassen.

Am Ende des 20. Jahrhunderts kann man sich einen Menschen vorstellen, der aus den großen Erzählungen der Geschichte herausgetreten ist, ans Meer gelangt, das sich hebt und senkt, das Meer, am Strand hebt es und senkt sich, befeuchtet einen Streifen, schmalen Streifen und gurgelt und spielt am Rand. Ausgelöscht sind die Worte der Großen Erzählungen. Wer nicht mehr an die Zeit glaubt, hört der Natur zu, ihren Bewegungen, denen der Rhythmus der Sprache folgt, äußeren, wie dem Heben und Aufsetzen des Fußes, dem Wechsel von Hell und Dunkel, inneren, wie dem Gang des Atems, der Spannung und Entspannung von Organen. Spiel, Sex, Fieber haben einen Rhythmus. Auch wenn die Natur niemals gleich erscheint, kennt jeder Körper den Wechsel von Hinströmen und Halt, das Schwingen der Fasern. Sicher, wir verändern und konstruieren Natur, aber auch ein Herzschrittmacher hat einen Rhythmus, und wer Tabletten schluckt, um sein Herz zum Rasen zu bringen, soll diesen Rhythmus beschreiben. Wer die Geschichte nicht mehr für allmächtig hält, hört der Natur zu, findet dort alles wieder: Spannung und Entspannung, Punkt und Ausdehnung, Intensität und Dauer. Davon kann man schreiben, indem man kurze und lange Spracheinheiten wechseln lässt, in einer unregelmäßigen Makrostruktur einzelne Mikrostrukturen wiederkehren lässt, Sprache verlangsamt und beschleunigt, ein Lebenstempo nachbildet und vorgibt.

Auch auf dieser Ebene bedeutet Rhythmus ja nicht Gleichmaß und Zwang, wie ein Rhythmus überhaupt metrische Muster individualisiert, was sehr weit gehen kann. Natürlich wird es Phasen geben, in denen der Takt, einem Maß der Architektur gleichend, Säule auf Säule folgen lässt, um zu zeigen, wie ein Ich sich Halt verschafft. Aber darauf folgen Phasen a-rhythmischer Gegensätze, Schärfe und Zerrissenheit, was man kennt: Zeiträume, die einem langen, stillen Dahinfließen gleichen, werden durch einen Schnitt beendet, und es folgt ein Stakkato, wo man große Mühe hat, auch nur kleine Lebensteile zu verbinden. Das Ich zerfällt in Dialoge, die eine neue Rhythmik haben, bis ein Ton erklingt, man sich wieder erkennt: Siehe, das bist du.

Um solche Vorstellungen verwirklichen zu können, benötigt man in der Lyrik eine Mindestdistanz, einen Zyklus von Gedichten, die als zusammengehörige Entwicklung geschrieben sind, oder ein Gedicht von einer gewissen Länge, in dem ein nachvollziehbarer Wechsel der Töne möglich ist. Dabei kann man sich an Walter Höllerer erinnern, der vor längerer Zeit die Forderung nach dem langen Gedicht erhob und mit der Fülle des Lebens begründete. »Subtile und triviale, literarische und alltägliche Ausdrücke« sollten zusammenfinden, die Sprache sollte »zur täglichen Verständigung über bekannte Bedürfnisse und zur Definition noch kaum bekannter Ausmaße« dienen, in immer »neuen Anläufen« flüssig halten, was starr zu werden droht. Höllerer hat dabei zum Beispiel an William Carlos Williams gedacht, aber man findet auch Vorbilder für lange Gedichte in der deutschen Tradition. Neue Gedichte dieser Art können nicht mehr so fest gebaut sein wie Heines »Wintermärchen« oder Brentanos »Romanzen vom Rosenkranz«. Wer mit vierhebigen Jamben anfängt, muss nicht so weitermachen;

freie Rhythmen können folgen; Passagen, in denen das Ich fortgerissen wird; eine Spanne in Prosa, wenn einem nach Prosa ist; und dann und wann ein Abschnitt Jamben. In einem solchen Gedicht stellt der Rhythmus nur eine dünne Hülle dar, unter der es fließt. Einheit entsteht aus Gegensätzen und zerfällt auch wieder zu Gegensätzen: Siehe, das bist du, was aus dir noch wird, weißt du nicht.

Reim

Auch vom Reim war länger nicht die Rede. Sein Zurückdrängen in der modernen Ästhetik ist kein Zufall; es hängt damit zusammen, dass die Kunst sich in der Moderne Aufgaben zuschrieb, die von der Religion, die aus dem Zentrum der Gesellschaft gedrängt wurde, und von der Politik, die sich als liberale Konfliktregulierung verstand, nicht mehr wahrgenommen wurden: Kunst kreiste um die Fiktion einer zentralen Wahrheit, sie wollte Bilder und Zeichen erfinden, um die moderne Gesellschaft mythologisch-mental zu einen. Die Kunst ruft permanent den Ernstfall aus, und genau das macht ihr den Reim verdächtig, weil der Reim, der zwei in der Regel nicht sinnverwandte Worte aufgrund der Zufälligkeit des Klangs zusammenschließt, etwas unauslöschlich Spielerisches hat. Die Aufmerksamkeit, die dem Klingen geschenkt wird, tritt neben den Ernst des Inhalts, mischt sich ihm unter und schafft Distanz. Der Schreiber und Hörer wird vom Ernst befreit und in einen Zustand versetzt, den man früher mit den Worten »Heiterkeit« und »Anmut« beschrieben hätte. Man kann auch sagen: Der Reim ist einem Lächeln zu vergleichen, das nach innen geht. Dass dieses Lächeln vom Inhalt fortführt, zeigt sich auch daran, dass das Reimwort nur selten das semantisch entscheidende Wort ist und also Klang und Inhalt verschiedene Wege gehen. Wer dem Klang folgt, vergisst für eine Zeit den Inhalt, und das ist gut so – aber nicht für Verkündiger, die den Menschen und die Sprache in Besitz nehmen wollen.

Warum soll man nicht so unbefangen mit dem Reim umgehen, wie es in der Musik passiert? Vor kurzem habe ich ein deutsches Lied gehört, mit dem Titel »Michi Beck In Hell«, das musikalisch dem Rap oder Hip-Hop oder so ähnlich zuzurechnen ist. Darin wird von einem Musiker erzählt, der aus der Bahn geraten ist: Er wird von seiner Band verlassen, verliert die Frau, trinkt immerfort Lambrusco, lebt auf der Straße und landet schließlich in der Hölle. Dort gibt ihm der Teufel, der eine dröhnend-verzerrte Bass-Stimme hat, die Chance zu einem Duell. Der Sänger darf die Waffen wählen und wählt den Reim, worauf es heißt: »Gegen meine Geheimwaffe konnte er einpacken · als ich Reime brachte die die seinen kurz und klein hackten.« Ein Kampf der Mikrophone wird ausgetragen, von Worten, die wie Gewitter hereinbrechen, ist in harter Skandierung die Rede, von »666 Styles«, bis der Teufel aufs Kreuz gelegt, »Reim für Reim wie Blei« in ihn hineingepumpt wird, um sodann sein Ende zu verkünden: »ein letzter Schrei schwarzer Rauch bevor er im Nichts verschwand«. In Liedern dieser Art schlägt sich eine verwilderte Freude am Gleichklang nieder. Die Literatur könnte sich davon anstecken lassen. *Literatur ist ein Experiment!* Der Reim auch. Als Gleichklang in der Sprache ist er ein Haltepunkt in der fließenden, strömenden Zeit. Solche Haltepunkte, in denen das Ich sich sammelt, erfinden Gedichte. *Literatur ist das Fremde!* Aber reimen sich nicht die Worte verstören – betören?

Die feste Ordnung des alten Reims kann aufgebrochen werden. Warum soll man nicht gereimte mit ungereimten Passagen verbinden? Reduziert man die Zahl der Reimworte, dann wächst die Zahl der nicht gereimten Worte, also der nicht harmonisierten Partien. Der Weg durch die Dissonanzen wird länger. Endreime lassen sich mit Binnenreimen und Assonanzen versetzen. Auch der Reim als Ordnungselement ist Teil einer Dynamik, ist in die Bewegung der Sprache integriert, eine Bewegung, die den Rahmen bedroht. Man kann den Reim unmerklich machen, je lockerer und nachlässiger der formale Zusammenhang bei Wahrung des Ganzen umso besser. Das Reimwort lässt sich durch ein Enjambement überspielen, wie es in der Tradition Rilke vorgemacht hat. Dann wirkt der Reim als Tempomacher, ein Beschleuniger, der die Sprache in den nächsten Vers schickt. Man kann ein Reimwort metrisch unbetont lassen, Reime unrein machen, verschlucken. Neue Reime, die durch die Veränderung des Sprachmaterials möglich werden, erfrischen, beleben.

Natürlich ist der Reim auch gefährlich. Reime können plump sein, Reime können knallen, Reime können, das hat jeder beim Zuhören schon einmal erlebt, intellektuell etwas peinlich sein. Die Zufälligkeit und Gemachtheit drängt sich dann zu stark in den Vordergrund, statt wie ein Hintergrundlächeln die Gesichtszüge des Textes zu umspielen. Dieser Einwand trifft auch einige Gedichte jener Autoren, die in der deutschen Lyrik den Reim in den letzten Jahrzehnten vertreten, gerettet haben, die dafür zu ehren sind: Peter Rühmkorf und Robert Gernhardt. Aus ihrer Minderheitensituation hat sich eine Neigung ergeben, den Reim zu relativieren, indem sie ihn nur als komischen Reim benutzten oder in den artifiziellen, übertriebenen Reim auswichen. Allerdings ändert sich dies wieder in ihren späteren Werken, dort benutzen sie auch den ernsten, schlichten, strengen Reim, den wir brauchen.

Das sind Vorschläge, um die Ängstlichkeit, den Kleinmut aus der Literatur zu scheuchen. Neulich rief ein gar nicht unbekannter Literaturkritiker spät am Abend, als das Telefonieren schon billiger war, fast in der Nacht, bei mir an – sein Name tut hier nichts zur Sache, nennen wir ihn Alexander von Bormann – rief also an und sagte immer nur: *Das geht nicht! So nicht! Das ist vorbei! Nein, so geht es nicht, das kann man nicht machen, das ist ja schlimmer als Hofmannsthal, um Himmels willen, das geht nicht!* Ja, er meinte, wie sich herausstellte, meinen Gedichtband, aber er war auch reizend und wollte mich nach Holland einladen, weil ich auf der Reserveliste für eine Stipendiatenwohnung – *Nebenkosten müssen Sie tragen* – einen der vorderen Plätze belegte, ich war also auch dankbar – aber darum geht es hier nicht, sondern es geht um das Argument: »Das geht nicht«, das einige Jahrzehnte in Gebrauch war und jetzt eine Pause verdient hat, auf dass etwas Neues entsteht, eine Poetik, die sich nicht mehr an die Moderne klammert, und ein paar neue Gedichte dazu.

Zurückgelehnt im Autositz – immer noch saß ich zurückgelehnt im Autositz. Der Parkplatz des kleinen Grenzortes hatte sich geleert. Da klappte die Tür, sie stieg ein, von der Seite lächelnd, fast ein wenig scheu. Sagte aber nichts, weil der Mann vor der Hochzeit nichts wissen darf. Doch es hatte ihr gefallen, wie dem Lächeln anzusehen war. Die Sonne stand schon tief, als wir über die Grenze zurückfuhren.

Veröffentlichungshinweise

200 Jahre deutsche Kunstreligion!, in: *Neue Rundschau* 4/1997, S. 67–87.

Der neue und der alte Mensch bei Wieland, Henscheid, Enzensberger, in: *Neue Rundschau* 2/1996, S. 35–49, überarbeitet.

Woher hat Adorno den Zaubertrank? Postmoderne Häppchen: unveröffentlicht. Unter Rückgriff auf Ideen aus: Lob der Beliebigkeit, in: *Kursbuch 121* (1995), S. 73–78; Was ist an Kitzbühel so schlimm? Junge Lyrik. Fünf Porträts, ein Essay, ein Gedicht, in: *Neue Rundschau* 3/1993, S. 88–105.

Wie modern ist die ästhetische Moderne? Gottfried Benns Wege, in: *Zeitschrift für deutsche Philologie, Band 118* (1999), Sonderheft, S. 165–185; leicht verändert.

Kurzer Gang durch die Neue Nationalgalerie: unveröffentlicht.

Was die Achtundsechziger mit dem »Tod der Literatur« eigentlich gemeint haben: Vortrag im Literaturhaus Berlin, unveröffentlicht.

Kann man denn Trauben lesen von den Dornen? Rede zur Verleihung des Kleist-Preises, gekürzt in: *Die Zeit,* 15. Oktober 1998, S. 61 f.; vollständig in: *Kleist-Jahrbuch 1999,* S. 14–22.

Reim und Kleid: Vortrag im Rahmen der Liliencron-Dozentur der Universität Kiel, unveröffentlicht.